颜景芳诗文集

心潮部落

迟浩田

二〇〇七年九月

图书在版编目（CIP）数据

心潮部落：颜景芳诗文集／颜景芳著.—济南:济南出版社，2007.10
ISBN978—7—80710—521—3

I.心…　 II.颜…　 III.①诗歌—作品集—中国—当代　②散文—作品集—中国—当代　 IV.I217.2

中国版本图书馆 CIP 数据核字（2007）第 155324 号

责任编辑：朱孔宝
摄　　影：颜景芳
装帧设计：殷雪彦
封底篆刻：王开英

书　　名　心潮部落
主　　编　颜景芳
出版发行　济南出版社
社　　址　济南市经七路 251 号　　邮编　250001
印　　刷　临沂市沂蒙印刷厂
版　　次　2007 年 10 月第 1 版　　2007 年 10 月第 1 次印刷
开　　本　980mm × 680mm　1/16
印　　张　16　彩插 8 页
字　　数　200 千
定　　价　30.00 元

◎ 颜景芳

　　字墨雨，阳春斋主，红云山人，费县城北乡人。历任公社管理区文书，县委组织部干事，镇党委书记，县委常委、宣传部长，县纪律检查委员会书记，区委副书记，现任兰山区政协党组书记、政协主席。

　　自幼爱好文学和书法摄影艺术，作品多次在省、市报刊发表，曾获临沂市"富城杯"散文创作一等奖，现为中华诗词学会会员，山东省作家协会会员，临沂市书法家协会理事，临沂市老年书画研究会副会长。

江動月移石浮虛云

傍卷鳥棲和故道帆

過宿誰家

杜甫絕句丙戌之三月

景芳書於琅琊

颜景芳　书

德福兼重
宠辱不惊

去当无意宠辱不惊景芳书

去留无意　宠辱不惊

（篆书）

颜景芳　书

3

馬踞龍盤今勝昔

而翻地覆慨而慷

虎踞龍盤今勝昔 天翻地覆慨而慷

沂蒙山人景芳书

毛泽东同志诗句　虎踞龙盘今胜昔　天翻地覆慨而慷　（篆书）

颜景芳　书

观 张 家 界

疾步登天至瑶台,千仞万峰扑面来。
刺空山柱突兀起,峭崖绝壁一斧开。
奇石争雄顺势长,无底深峡罩雾霭。
翠染凝岚多般秀,溪曲悠远折梦徊。
人间难得瑶池近,峰巅邀仙可畅怀。
鬼斧神工奇异地,唯有胜境盼君来。

诗／摄影：颜景芳

周 庄 印 象

黛瓦檐飞一巷幽，
戏波芙蓉碎月羞。
水乡古韵石中印，
烟泊拱桥荡轻舟。

诗／摄影：颜景芳

是呼吸，也是证据

◎ 王兆山

几年前，我曾看过某位诗人写的一篇文章，标题就叫"我信天使在屋顶上飞"。在这篇谈及世纪之交汉语诗歌和诗人的文章里，诗人不无深情地说："我信天使在屋顶上飞。"在这样的一个短句中，诗人首先作为一个个人毫无保留地承认了诗歌的存在、诗歌的力量，诗歌像天使一样，在人间所行使的是让人的灵魂得以飞翔和安宁的职责。接下去，诗人所要表达的是：诗神的永恒和不朽。

是的，诗歌怎么会消失呢？诗歌怎么会离开我们，放弃它对人的温暖和抚慰呢？在人间烟火尚未熄灭的地方，在人的灵魂尚未离开的这个国度和世界，在那些草叶摇曳、种子落地的林间小路上。和这位诗人一样，我也始终坚信，有呼吸的地方，就会有诗歌。诗歌自人类有了声音以来，一直就是我们的呼吸。正是诗歌这种有效而卓绝的呼吸方式，让生命存在于大地之上而更存有意义，让我们行走在地面上而有了离开地面的理想。因此，在更多的时候，我更愿意把诗歌或者一些类似诗歌的念头，看成是我们活着的表征，看成是一个人到底有没有坠到地面以下的证据。

看完我的老乡颜景芳的这本诗文集，我也同样相信这是颜景芳作为诗人的呼吸和证据。作为一个诗人，颜景芳所要做的工作，同样是要我们看见他内心的天使而爱上那副天使的翅膀，同样是要让人们在那天使的羽翼下被那巨大影子掠走，享受一会儿与背后那个更大的神同时也是更渺小的自我的对话。虽然天使有时只可能是一只风筝，但也要"直上戏清风＼得意傲苍穹"（《风筝叹》），虽然这个天使总会"牵线一挣断＼跌落尘埃中"（《风筝叹》），但作为一个诗人，他也要"情涌枝摇白浪翻＼挺拔挽雾揽秋寒"，"天生铁骨悬梁劲＼我欲高歌做远帆"（《白杨树》）。

那么，颜景芳是怎样在他的诗歌中进行着一个诗人的呼吸而让诗歌得以呈现？他的诗歌又向我们提供了一种什么样的佐证？他是以一个客人的身份，在向他所经过的、他所接受的时空赐予，行使着心灵的感恩；还是以一个主人的身份，在完成诗歌对世界的统治、修复和改善。无疑，颜景芳更倾心于前者。他更愿意把诗歌这个天使的羽翅一分为二，从容但又是迫切地选择那让他感到呼吸更加畅顺的一翼。这一翼所透露出的谦卑、恭让以及对感情、心灵以及人类普遍审美原则和大地上的事物的臣服，让他清晰而激壮，伤感而自足。可以说，颜景芳已在他的诗歌里把所有的得到都视为了财富，同时也把所有的得到视为了应得。如果有区分，他在诗歌中所要区分的，不仅是真假、善恶、美丑，还有对这个世界的敬畏和感恩之情。

所以，在颜景芳看来，生命简单得也无非就是一些"日子"，而日子也无非就是"钟表指针悠然的步伐＼是太阳每天清新的脸颊＼是每天翻动的挂历＼地球自转公转的穿插＼日子每天都是新的＼新的一天都是日子的天下"（《日子》）；而当他有一次"站在新年门槛＼踏着雪意风尘＼蓦然回首＼世间又一个轮龄＼正悄然默默地＼向我们送来叮咛"的时候，也只会感到"回眸身影的印痕＼有群山作证＼回首激情岁月＼有大海和声＼历史时空踏深了＼脚步轻重"（《回眸》）。我想，这不是一个诗人对生命的误解和简单化处理，更不会是一个诗人的无奈和屈服。这应该是巨大声响的另一种表白。这种表白，常因为诗人的内心深含着感恩而显得异常安静，但这种安静一旦经过诗人的心灵，便足以与一棵大树倒塌的声音抗衡。声音在此地的退场，让诗人颜景芳的安静具有了无限的力量。

诗歌是我们的呼吸。那么，一个人就会有一个人呼吸的方式。颜景芳在他的诗歌中所采取的方式，就这样舒缓而遵从着人类的命运，并且让个人的力量完全消失在了无穷的时空之中、自然万物大道之间。这应该是一个人对主体与客体的双重承认，是一个诗人在经验的主使下对于先验的确认，从而也确立了一个诗人在表达和阐述中的智慧。当颜景芳写下"黝黑的夜空＼无边的天际＼不时有闷雷从远方掠起＼闪电甩着长长的身躯＼迭印着城市的轮廓＼闷热的空间＼把一切都＼浇铸得激情四溢＼一阵清风＼把雨滴从天上撒下＼不慌不忙，悄无声息＼撒播在大地＼很快，大地上＼汇积着小水洼＼闪电一眨眼＼雨滴在水汪中荡起层层的涟漪＼树叶在雨的拂拭下＼把一张张湿漉漉的脸＼擦洗得娇嫩无比＼然后又沙沙地唱着欢快的小曲"（《雨夜下》）这样的诗句的时候，我们只能承认，一个诗人已经活过了，不仅是像人一样，而且还像山脉与树木一样活过了。在颜景芳表明他的诗人之活的这些诗歌证据里，我们同样也看到了这些证据的多样性，并且同时也看到了诗人的呼吸，到底试图要向我们证明什么。

"半山胭脂半峰云＼一犁汗水万垄新＼游客痴喜人欲醉＼农家耕作忘洗尘"（《春观桃林农田小记》），"笠遮骄阳扇摇频＼干啃煎饼荫栖身＼半年辛劳一车载＼心惦病妻盼归人"（《卖瓜翁》），"进村入户访贫寒＼家空如洗惊愕然\病儿卧床十一载\父母劳耕泪涟涟\门破草蓬连村外\窗朽不挡秋雨绵\迟送救金暖如炭\归途泪蒙愧无颜 "(《访贫》)。这样的诗句，似乎已无需过多的阐释。在诗人轻而易举地回答了生命对自我的发问之后，颜景芳似乎总是不甘心让人民的命运也同样与个人具有着那么巨大的雷同。在感恩与平和之中，他同样试图要替代人民去努力恢复人的群体尊严，并把劳动和生死在统一中截然分成两个不可共谋的对手。这是诗人的良知和诗歌的道德。但一个诗人的幅度总是有限的，诗歌的呼吸仅属于灵魂，天使的影子也更可能的是那些渴望天使的人才偶尔看见。诗人总是要沿着"家乡的小路"慢慢走回，"风雨中\小路通向关爱\雪夜里\小路通向亲人的安抚"(《家乡的小路》)。颜景芳也不例外。在他走回的小路的两旁，依然渴望的是"薄云飘渺万户炊\轻鞭细缰牛自回\流金秋梦一车载\豆下蟋蟀翅厚肥\富足伴着自豪涌\晚风催动金穗垂\拽片月光披纱舞\嫦娥欣喜定相随"的"傍晚秋色"，而"莫论枯叶卷曲黄，曾经油翠耀春光。莫论老牛步倚墙，曾经威健活力扬。莫论老者步踉跄，曾经激流为栋梁"(《莫论》)的感慨，则让一个诗人内心的天使，终于在天空消失的地方瞬间消失，在大地结束的地方，慢慢降落。但正如这本诗文集一样，在那些消失和降落汇集的地方，也许正是人的一切开始的地方。在天使飞翔的地方，我相信，诗人颜景芳以及他的诗歌也会闪耀出爱与善的光芒。

　　我的老家沂蒙山是一个山重情水重义的地方。好山好水养育了一代代的文人志士。书圣王羲之、智圣诸葛亮、算圣刘洪———可以说沂蒙文化就像沂河水一样源远流长。新世纪以来，更有一大批诗人冲出临沂，走向山东走向全国。颜景芳就是其中的一位。这些年，因为工作关系我回老家临沂的机会越来越少，偶尔和文友、乡亲通个电话，听着熟悉的乡音我都要激动半天。感谢老乡颜景芳的诗文让我重游了一遍家乡的山水，也祝愿他在沂蒙这方热土上耕耘不断，果实丰硕。是为序。

作者简介：
　　王兆山，著名作家，山东省作家协会副主席、党组成员。

目 录

1

2

4

【抒情自然】

10

【散文集】

放歌河山

FANGGE
Heshan

Heshan

蒙山鹰窝峰

雄势观群峦，铁骨傲枝虬。
峭壁贯豪气，松下舒云流。
鹰掠忧崖远，骤风惧雾求。
相伴日星月，痴心天际头。

春登蒙山

欣然翠海崎岖深，清香扑面醉闲云。
峰峦若定珠露洗，风摇绿浪叶洗尘。
伟人峰卧苍穹浅，纵横万壑虎声闻。
槐花枝绕嫩芽伴，满春飞雪荡白银。

费县上冶水库

山坳悠见水波明，
疑是神工巧筑成。
画师莫用调色板，
晚霞托日一湖情。

蒙 山 吟

雄踞苍茫云海中，瞬间亘古岁峥嵘。
巨嶂叠峰松掩翠，奇壑险沟天聚雄。
溪曲潺潺伴鸟唱，瀑飞处处挂银屏。
铁骨千里四时秀，绿浪起波腾巨龙。

夏 日 蒙 山

横卧三百里，突兀峰连峰。
沟壑岁月痕，松涛亘古风。
天地聚灵气，血染巍巍红。
雨湿万木新，丛花开九重。
骄阳洒山峦，碧翠油彩浓。
暑袭群岭外，荫遮涛声宁。
峰移鹰翔远，雾荡鸟争鸣。
仰观千尺距，俯窥万丈穹。
雾海跌流瀑，潭深隐虬龙。
蝶舞草木翠，古柏绕蝉鸣。
苔厚稀日近，崖峭少攀登。
暑清百鸟唱，壁仞云相逢。
林深兽踪现，偶见采药翁。
攀越觅深处，如画妙丹青。
晨曦连暮霭，晚霞沧桑凝。
烟雨浸日月，松涛隐雷霆。
雨后挂斜阳，揽月乘彩虹。
车行云端里，茫茫似海中。
有意赏山色，无意画中行。
心静三界外，情空入仙境。
观高弃俗尘，志刚无欲生。
山美人精神，风高云自清。
万木齐竞发，蒙山展新容。

蒙山老寿星

青山栖绿碧流香，童颜鹤发攀登忙。
峰高松翠情幽远，潺水花香福禄长。
踏遍崖峦寿诀觅，访疾问苦无彷徨。
秋来春去化雕像，笑看人间福乐祥。

蒙山瀑布

峰涌流云荡松间，万壑千沟流水潺。
深潭浅坝非栖地，峭壁悬崖情毅然。
九天直下七彩舞，苍穹跌落一线悬。
斜阳映照飞帘挂，巨龙银甲裹山峦。

蒙山云海

苍松翠柏现奇峰，云海荡荡走蛟龙。
飞流涌动千尺浪，起伏翻卷越九重。
曲直如瀑依崖隈，合聚瑶池波不兴。
浓笔染厚千山雪，斜阳送来一抹红。

蒙山观景抒情

群峦浸翠百鸟喧，飞瀑流溪鱼跃潭。
花草丛中野兔隐，硕果坠枝探池闲。
大道蜿蜒缠山腰，梯田层层绿浪翻。
村姑挥锄播汗雨，定是今秋胜往年。

瞻《沂蒙山小调》诞生地有感①

雾浸黛飞露欲滴，峰峭云染鹰掠急。
千年流曲醉乡久，几代迴声古韵晰。
岁月凝魂舒情唱，拂琴若定擒狼黑。
硝烟散尽春光媚，化作彩虹映旌旗。

注：① 《沂蒙山小调》诞生于抗日战争时期的
　　　费县薛庄镇白石屋村一带山区。

山 中 春 色

峭崖险壑万枝新，
轻燕掠飞剪碎云。
桃嫩杏娇风任醉，
满目油翠一堆春。

山区秋色

极目舒天云连风，峰峭山醉鬼神工。
涧水飞瀑层层唱，松柏接云吟涛声。
山峦欢歌披锦绣，硕果陶醉紫镶红。
金秋如画沂蒙美，勤劳双手应头功。

参观平邑县自然博物馆

宇宙变幻汇满楼，四十亿载一眼收。
彩蝶翩翩欲起舞，巨龙昂首悲苍秋。
璀璨年轮奇造化，石中乾坤畅遨游。
生生灭灭天演化，唯有亘古风云留。

沂蒙奇石

沉睡远古今现身，千姿百态惊世人。
丑漏皱透石林美①，金星闪烁朴归真②。
春燕崖上欲展翅③，紫金磨砺疑画神④。
盛世瑰宝放异彩，亿万古韵沂蒙魂。

注：①园林石 ②金星石 ③燕子石 ④尼山石

沂河春晓

沂河昨夜过春风，
嫩柳新红烟雨中。
闲月白云孕翠暖，
玉带流堤飞彩虹。

放歌河山
FANGGE HESHAN

9

临沂人民广场

蒙山沂水蕴魂灵，千年异彩汇城中。
文明瑰宝展古韵，圣贤哲师笑谈声。
朝霞明月迎众客，九龙欲腾恋朴风。
激情荡漾万心沸，如诗如画涌满胸。

广 场 晨 曲

朝霞初染东方晓，广场沸腾人如潮。
蒙山沂水展新姿①，九龙之柱欲争高②。
秧歌方队舞缤纷，红绸挥洒激情烧。
八卦太极刚柔济，华发年少剑法妙。
威武飘逸动作美，老幼皆宜广播操。
篮球绳球羽毛球，龙腾虎跃逞英豪。
快慢跑走亦精神，疾病烦恼抛九霄。
健身迪士扇子舞，挥汗潇洒步履矫。
城市之魂广场韵，人皆风流花木俏。
欢声笑语大客厅，沂州何处不春潮？

注：①②为临沂人民广场建筑标志。

颂沂河

根在千山沟壑中，云蒸泉汇磨炼成。
历经寒暑终不悔，润泽万物默无名。
激情浩荡应归海，困首拦腰少怨声。
但造福祉千万众，请功褒奖到龙庭。

观蒙山指动石

巨石横卧一线悬，手指拨动微微颤。
哪是玉帝案头宝？鬼斧神工大自然！

威海沿海大道暮观退潮

碧波暮染半天霞，千舸戏风逐浪花。
水潮渐浅随龙去，海鸥轻掠观细沙。
亭榭依稀金色暗，桥跃石长映月斜。
画廊十里黛妆淡，钩月相伴万灯华。

红叶谷

2003年10月26日，游临朐红叶谷。是日，深秋如春，天高气爽，云淡清朗，碧空如洗。峡谷深远，霜叶似火。心旷神怡，有感拙句。

红霞轻荡飞峡谷，层林尽染如画图。
叶叶欲滴胭脂水，株株犹如嫁女姝。
山峦如火激情燃，万紫千红神笔涂。
奇峰遥观万仞壁，游人如织似我无。

华东烈士陵园

陵园松柏四时春，处处忠骨英雄人。
巍巍丰碑昭日月，座座陵墓耀星辰。
松涛阵阵颂歌唱，百花摇曳悼功臣。
瞻陵不敢高声语，怕惊长眠英烈魂。

临沂大学城奠基

临沂大学奠基仪式于2003年10月18日隆重举行。中央省市领导出席。

（一）

沂蒙自古圣贤多，灿若星斗耀天河。
盛世再建高学府，荟萃人才奏凯歌。

（二）

临沂大学城，精英尽包罗。
沂蒙好风范，古今圣贤多。

批 发 市 场

改革开放扬风帆，万千商品汇鲁南。
真情引来八方客，诚信铸就天下缘。
信息畅通财源顺，环境优良人心安。
以商兴工战略策，工贸发展艳阳天。

放歌河山
FANGGE HESHAN

13

双 岭 路

春到沂州落彩虹，迎晨连月贯西东。
青翠叠嶂绿碧染，万灯闪烁耀长空。
飞天玉带通四海，车流飞驰画廊中。
微风摇红映亭榭，古今景观沐春风。
浓笔描绘一路美，画卷丹青处处情。
路通人和凝众力，同心再铸新沂蒙。

雨后过费县大青山所思①

雾飞虹架万木新，
崖傍烟雨起浮云。
听瀑犹闻壮士吼，
山如英烈峰如魂。

注：① 1941 年秋，抗大一分校部分学员及后勤机关
　　在大青山与日军展开激战，一千多干部战士
　　及群众壮烈牺牲，使大部队安全转移。

莒南马鬐山

莒国奇境马鬐山，峰入碧空巍峨然。
巨石嶙峋披金甲，绝壁沟壑浓墨酣。
飞瀑神笔千痕画，涛声入林万松寒。
遥看骏马扬鬐起，涉水负山补天圆。

银雀山竹简墓

千载战云迷雾重，兵书奇谋孰争雄。
司马铁笔百家论，沙底求金觅狂风。
银雀展翅巨龙舞，竹简浮世惊九瀛。
浑浊悬疑一朝解，国宝振奋民族情。

观银雀山竹简墓

银雀欲腾蒿草深，
镐声唤醒梦中人。
竹简瑰宝惊天下，
千古悬案拨疑云。

重登圣良山

一山挑日月，沧桑万古情。
云绕天欲坠，碧翠染众峰。
草深蝶花立，群木聚涛声。
涧峡深奇远，流瀑挂彩虹。
果香飘山际，梯田层层红。
蛙声扬四野，荷塘莲拥蓬。
远观丰收图，人在画中行。
巧手织锦绣，胜似众神工。

注：圣良山在费县方城镇境内。

沂水彩虹谷

曲溪涧流水连泊，　雪山不高通天河[①]。
流瀑飞挂帘天碧，　一湖秋画荡清波。
峡深壑远红叶舞，　风摇万树吟欢歌。
晴日飞雨三千丈[②]，彩虹长笑落满坡。

注：①雪山即彩虹谷中的山，海拔400米。
　　②飞雨即彩虹谷中人造喷水雨。

观沂水县溶洞

沂蒙奇观大峡谷，洞深曲径通天渠。
三壁巨仞似钢铸，万态石乳鬼神图。
飘流瞬间龙宫内，上天飞瀑惊平湖。
暗流涌动东海近，渊深无底羞鱼浮。
层层叠嶂路坎险，高攀低迴如仙庐。
鬼斧神工凝天力，地下风光展画轴。

游沂水县灵泉山

顺山拔仞势巍峨，陡峭险峰少攀绝。
云中栈道涛声近，半悬碎道穿洞穴。
仰首古松探崖深，俯目翠海观日跎。
白云映辉千山秀，举目浩水通天河。
寺内钟声穿万壁，香火弥绕神仙乐。
最是银杏世少有，满院碧空一树遮。

小埠东橡胶坝

千载沂河卧蛟龙，惊得万水不前行。
连天波涛平湖涌，疑是东海连埠东。
飞瀑挂帘三千丈，团雪跌宕伴涛声。
喜看两岸如画卷，一龙引来万龙腾。

观村姑游彩虹谷

　　深秋，游沂水彩虹谷，巧遇十几名村姑游览。但见她们一路惊奇。特别公园内有一电动斗牛，硕大如真，拱头夹尾，两目闪烁，其貌凶悍无比。一勇者攀背戏之，几回合被其摔下，村姑大笑泪涌之。

村姑旅游彩谷追，　惊叹晴空雨横飞。
空中缆桥颤悠步，　独绳过堑欲惊魂。
两侧风光拽步慢，　塑像人前询是谁。
忽见红牛硕又壮，　腾扑扭动吼如雷。
但观勇者捋袖上，　趴俯拽绳贴肥背。
牛怒声嘶狂翻抖，　骑者身仰几度回。
一声惊叫众声呼，　勇士尘埃踉跄归。
村姑惊诧牛凶猛，　又讥骑士假勇威。
见牛狂野骑者羞，　村姑泪涌笑一堆。

登 孟 良 崮

（一）

登崮似闻厮杀声，沟壑隐约战旗红。
松隙犹见将士卧，捧土仍感热血腾。
指挥若定神机妙，十万儿女伏罴熊。
骄愎必败兵家训，人心相背局不同。

（二）

巍巍雄峰伴英灵，松涛轻吟念杰雄。
低云常撒泪飞雨，山花烂漫诉衷情。
万千忠魂今安在，直飞九天舞苍龙。
七彩横流神州美，先烈笑朗贯长虹。

（三）

轻攀登，
心沉沉，
泪飞情涌悼忠魂。
霞红犹如将士血，
峰高媲比英雄心。
十万将士如狂飙，
血染战袍刀倚林。
横扫魑魅鬼哭嚎，
九天赤碧万木春。

（四）

星月转，
天地新，
花雨纷飞满乾坤。
龙腾华夏国人愿，
虎踞东方合民心。
万臂挥桨龙门渡，
千力拉纤航巨轮。
烈士含眸喜泪雨，
春漫神州慰忠魂。

莒南县卧佛

仰天长卧碧云间，万事悠悠戏雾闲。
论经思询九天界，佛法常对日月谈。
心牵民间忧烦事，陶醉尘世多笑颜。
人间康乐正道日，含笑苍穹枕山峦。

王羲之故居

红瓦绿墙满目葱，　　翠荫映池伴鹅鸣。
柳曳千枝拂庭榭，　　一池墨香醉蛙声。
千载彰显《兰亭》美，　　碑林烁耀右军荣。
琅琊故里书圣地，　　万千橡笔绘彩虹。

费县许家崖水库

汇流雄风三百里，奋臂神工立坝基。
泼下九天五彩水，青山八面为岸堤。
翠峰倚影波光耀，闲帆轻点野鸭啼。
涛声拍浪惊龙跃，满隅桃花化紫泥。

许家崖仙人洞

古木参天入碧空，两峰相偎竞秀成。
一洞深幽涵碧界，笑迎西南落彩虹。
半山巨石仙桥路，峭壁之上云走龙。
惊看四月雪裹日，却是梨花自多情。

许家崖景区游后感

蜿蜒小路入彩虹，瀑布流云落九重。
巨石嶙峋花草盛，峡谷松涛鸟蝉鸣。
遥观群山披锦绣，长水浩淼荡波明。
徐风拂地翻碧浪，炊烟袅袅传歌声。
梯田层层绿染透，五谷穗穗垂首丰。
硕果累累探枝外，淌金流银盛世情。
南天门前宾客喧，天桥之上悠悠行。
玉液琼浆古泉漓，庙宇古苍众虔诚。
凤凰台上百鸟舞，仙人洞幽卧蛟龙。
清泉潺潺跌崖笑，石林矗立千姿生。
山乡处处美如画，生机勃勃沐春风。
金秋飘香游人醉，心旷神怡忘归程。

乐山大佛

千年风雨心何入，天高地阔却似无。
江水起落淡然事，世尘滚滚化云图。
一目观就三千载，双手轻翻万卷书。
修心虔诚皆真善，世间万物定成佛。

汤头温泉池

沸汤清澈出深泉，蒸腾缭绕雾相间。
串串珍珠随丝起，银泡如铃荡池恬。
入水如坠浮云卧，撩汤浸肤如膏绵。
闲来沐浴二百载，祛病养身三千年。

武夷山

仰首观山少见天，巨峰如夜遮日偏。
陡壁雾绕涧连渊，奇石突兀浓墨湮。
剑劈直下千仞壁，蘑菇云头化崖颠。
神鹰啸空思佛事，翠竹古木清波川。
暮霭茶香飘万里，独桥遥盼唐僧还。
人道极乐世界远，武夷山中皆神仙。

武夷山仙人桥

半月悬空万山小，颤颤弯弓雾缭绕。
两峰黛染半虹挂，深涧溪潺卧龙哮。
一堆顽石筑幻景，五尺云带渡逍遥。
群山之中险路径，桥上为仙乐陶陶。

武夷山漂流

碧波悠悠十八湾，两岸群峰少见天。
一石为山绝崖险，万仞峭壁猿不攀。
竹筏轻拨有仙趣，长篙一点战犹酣。
激流险滩棹戏水，画随人移趣盎然。
船夫高歌伴鹤唱，潭幽波涌鱼争先。
恍然梦境意未尽，暮色半野薄云烟。

武夷山水帘洞

曲幽攀越半山中，遥观巨石铸壁蓬。
凹深竖高千尺距，纵横腹缩万丈穹。
天河泼雨滴不入，巨浪滔滔洞不惊。
索缆荡流九天水，仙池岸边信徒诚。
天梯之上道庵远，诵经据典笑谈声。
一洞佛光照四野，万载风云伟业宏。

越黄龙雪山

风疾云无踪，
雾闲绕松行。
雪掩十万山，
唯有黄龙横。

注：黄龙指四川黄龙雪山。

雪后登茶山

举目琼花弥众山，雪飞苍莽风高寒。
松涛紧吼旷野隐，曲径深幽远达闲。
登阶犹步软絮陷，探枝未触雪落繁。
回眸归程痕难觅，唯见银龙浑天旋。

注：茶山在兰山区李官镇境内。

长白山天池

苍穹落下一墨珠，九天峰顶向天凸。
四壁幽玉堰深险，万仞壁上乌云出。
波光映照群山美，龙宫池底一脉须。
荡荡水深千丈渊，频频怪异惊世书。
池上巨石连天际，峭壁飞来荡峡谷。
莫道仙界遥远路，身在池边凡人无。

赴花果山路途所观

　　赴江苏省连云港市花果山景区游览，农民
虽居住景区，却忙于农事，无暇欣赏大自然美好
风光。

初夏晴日午骄阳，
满目胜景无暇赏。
催犁扬鞭挥汗雨，
水田跋涉播种忙。

放歌河山
FANGGE HESHAN

29

登花果山

跃上巅峦奔苍穹，满目花草绿茏葱。
千载银杏叶蔽日，百年禅寺香火中。
石阶曲幽接云际，缆车呼啸穿雾风。
飞瀑直下跌崖远，猴群嬉顽戏峦峰。
胜景妙处遍四海，何故花果山独雄，
一部奇书扬天下，大圣英名传九瀛。

鸣沙山游记

天工神造鸣沙山，风啸烁鸣世奇观。
攀越拥踏千壑浅，狂风吹聚重依然。
峰顶驼队夕阳近，清风徐徐金沙寒。
湛蓝碧空现星斗，玉兔遥思月牙泉。

瞻中山陵

巍巍钟山气势雄，松吟峰铭伟人功。
共和改朝史无二，追求三民求索行。
披肝沥胆难遂愿，更叹国贼乱章穷。
仰天长愤千古怨，何问后人评异同。

于南京雨花台烈士群雕像前

一腔浩气贯宏图，怒向刀斧铮铮骨。
铁拳凝结民族魄，笑傲群魔何惧屠。
前赴后继慷慨死，鬼神感泣当街哭。
烈士含眸九天笑，华夏腾飞世界殊。

瞻诸葛亮祠

三顾出庐大梁擎，扶佐贤君天下争。
鞠躬尽瘁殚竭志，英烈满门代代忠。
奇谋如飚扬风起，肝胆鉴日映碧空。
魏蜀吴统实天意，何怨新主龙脉罄。

瞻岳王坟感言

岳王坟前抖灵魂，世人莫要做奸臣。
精忠报国浩然气，白铁喊冤铸罪人。
天之为上国为大，道之为根民为本。
小草皆为大地绿，铮铮豪情唯精神。

瞻息烽集中营

草长树高掩牢门，
仍见镣铐磨砺深。
热血一腔赤天碧，
万里敬仰吊忠魂。

注：息烽集中营在贵州省息烽县，
曾是国民党反动派政权关押
革命志士仁人的地方。

镜 泊 湖

波光粼粼托日出，惊叹依峦伴平湖。
四面峻峰巧为岸，碧水荡漾现肥鲈。
浪花映照千山秀，长瀑遥观伟人图①。
轻舟戏水三百里，稻香飘飞沁沟渠。
红叶染岸听龙唱，松柏环绕嬉鱼浮。
宝镜化湖虽古韵，此水一绝天下殊。

注：镜泊湖岸有一山，遥观似毛泽东同志仰
卧形象。

镜泊湖飞人

一帘飞瀑挂祥云，
直下碧潭入龙门。
飞人展翅九天跃，
轻掠如燕惊鬼神。

西 湖

（一）

一湖风景一湖情，
断桥乐见游人行。
荷花香涌三潭月，
多少笑语烟雨中。

（二）

轻波浩淼浸群山，
风摇荷叶隐轻帆。
断桥情邀天上月，
依栏柳下皆为仙。

初春玄武湖

团团柳丝搅春水，梅瓣纷飞暗香迴。
烟雨轻染嫩黄湿，一湖春色荡鸭肥。
拱桥云架化勾月，百里绕堤彩鱼随。
淡墨轻抹满湖笑，玄武门高更威巍。

聊城东昌湖

放眼明珠东昌湖，碧波闪闪跃肥鲈。
双龙欲腾恋景美，飞舟载笑时隐无。
碎浪挟影拍长岸，排灯伴云映柳绿。
沿堤楼宇拱星月，泉涌银蚌鲁西殊①。

注：①泉涌，指湖边广场喷泉；银蚌，指沿湖
　　畔而建的歌剧院，外形像银色贝壳。

观　海

渡渤海赴大连有感

浩瀚无边际，天地连一色。
幽暗莫测深，海鸥轻掠过。
风起波涛涌，浪甩珍珠雪。
豪放坦荡荡，广纳胸宽阔。

沂　蒙　湖

千溪百流聚雄风，波涛浩淼耀沂蒙。
彩虹飞架飘玉带，水天一色连苍穹。
朝霞染透三百里，晚风清波醉满城。
清彻幽深鱼翔浅，渔夫抛网寻笑声。
昔日桀傲常为患，今造福祉锁蛟龙。
一水激荡百年潮，沂州巨变锦绣程。

观汶上相国寺

（一）

塔势恢宏十三层，
稀世国宝天下惊。
佛光普照千载至，
犹叹齐鲁巨龙腾。

（二）

信步宝寺心虔诚，
殿堂巍巍聚恢宏。
佛法顿开愚昧念，
普渡三界众苍生。
塔巍对语星日月，
灵骨逢世昭龙腾。
进殿仰瞻云低暗，
出槛天高满目晴。

观梨乡偶得

雪凝满目伴春回，
掩入梨乡忘返归。
忽飘几滴清香雨，
惊落白云片片飞。

观 胶 东

2004年12月初，赴潍坊、烟台、威海、青岛参观，所到之处，面貌新，势头好，一片生机，到处都是奋力拼搏、抢抓机遇、加快发展的景象，不胜感慨。

信步胶东满目春，龙腾虎跃人精神。
协力齐奏发展曲，拼搏凝聚半岛魂。
园区如画舒长卷，机器欢歌织锦云。
浪潮涌动千帆竞，处处蛟龙跃虹门。

灵 隐 寺

云揽深山灵隐钟，
神仙高深万世功。
佛法无边西天近，
多少痴心醉其中。

赞滨河大道

百里沂河起春风，波光粼粼万皱生。
飞桥连天随云起，长灯流烁傲月星。
车飞两岸隐虹渡，杨柳欢歌万枝轻。
举目遥观一碧水，接海连天任龙腾。

周庄印象

黛瓦檐飞一巷幽，
戏波芙蓉碎月羞。
水乡古韵石中印，
烟泊拱桥荡轻舟。

观红叶谷

举目红叶满峡谷，
犹如天绫遍山舞。
严霜好似神来笔，
万红千紫一夜图。

注：天绫，即哪吒宝物混天绫。

登 沂 山

跃上山巅九百重，雾荡云游绿绕峰。
众木苍翠凝瑞气，轻风拂荡松涛鸣。
沟壑万千真画卷，悬崖险峭鬼神工。
绵延巍峨瑶池近，世间瑰宝在沂蒙。

观 张 家 界

疾步登天至瑶台，千仞万峰扑面来。
刺空山柱突兀起，峭崖绝壁一斧开。
奇石争雄顺势长，无底深峡罩雾霭。
翠染凝岚多般秀，溪曲悠远折梦徊。
人间难得瑶池近，峰巅邀仙可畅怀。
鬼斧神工奇异地，唯有胜境盼君来。

九寨沟

千古神韵落九霄，姹红嫣紫任风摇。
飞瀑层层银河近，碧波悠悠渡彩桥。
凤栖沟底羽落满，龙翔海子金甲抛。
池池绿玉绕虹彩，处处花繁报春潮。

黄果树瀑布

长瀑银帘落天河，团团瑞雪荡飞歌。
千壑横溢涌巨浪，万丈潭起龙跃波。
悬崖壁仞一线挂，怒涛跌渊震云阁。
激流奔腾青山远，何日凌霄再聚合。

东北秋行

满畦金秋映眼帘，硕黄片片万顷田。
百川盛装七彩醉，淌金流银别有天。
轻风香透湖泊悠，浮云碧空粮如峦。
自古东北荒凉地，哪知边陲赛江南。

考察黑龙江饶河县有感

边陲小县秀，中俄边境逢。
乌苏里江绕，摩梭族为荣。
自然风光美，处处淳朴风。
河清如玉带，马哈鱼鲜浓。
地广人稀少，举目皆绿青。
惊飞万千鸟，落雁一片鸣。
对岸俄方地，碧水连西东。
战火硝烟尽，化敌为亲朋。
贸易互通有，车辆船上行。
考察议合作，谋划发展诚。
举杯畅怀饮，交流友谊情。
协同共发展，互利惠双赢。

赴安徽省蒙城县途中所思

5月6日赴安徽省蒙城县,途经鲁苏豫皖,中午即达。车轮如飞,高速便捷。中原大地,一片生机。不胜感慨。

半日四省到蒙城,满目碧绿沐春行。
车如轻舟飞浪里,高速旋驰盘蛟龙。
昔日魂飞血沃地,如今鲲鹏展翅腾。
万千巨手织锦绣,处处如画皆传情。

卜 算 子

松辽平原行

大地汇清风,
金秋扑面来。
夷坦松辽美满川,
肥腴云天外。

遥瞻堆粮仓,
夜静车流彩。
国富人和盛世情,
歌荡九台脉①。

注:① 松辽平原有一山曰九台山。

考察东北返回途中

月高辽地逢中秋^①，十日考察硕果收。
菜香酒醇歌赋狂，　国庆华诞醉何休^②。
风雨狂追车轮奔，　寒流催动乌云流。
锦州御液铸厚谊，　星夜疾驶达德州。

注：① 2004年秋，赴东北考察。辽中即辽宁省辽东
　　　县。古历八月十六日到达辽中县，晚间全体考
　　　察人员举行宴会，迎接国庆节。
　　② 第二天为10月1日。

冬日乌苏里江畔

寒风锁低云，
檐低雪泥深。
飞鸟觅旷野，
唯有白桦林。

夏 日 北 戴 河

北戴河岸夏日逢，暑遇蛟龙展秋容。
梦里依稀涛声醉，侧卧推窗待日升。
把酒品蟹迎帆落，信步细沙踩蛤蚌。
清幽唯闻人私语，枝摇三面送凉轻。
树荫作伞蝉声脆，花草丛中蝶戏蜂。
极目远观老龙头，雄关天下仍威风。

太 阳 岛

海风轻拂太阳岛，一曲妙音天下少。
巍巍巨石迎宾客，枫叶红透热情绕。
江水悠悠吟岁月，虹霞纷飞斜照桥。
花团锦簇香溢远，横笛曲扬入九宵。
人在画中情自醉，水浸礁石岛自俏。
登上观台极目远，江沸万龙闹春潮。

大连美

2003年10月6日至9日游览大连，所见所闻，留下美好印象，特写句抒慨。

人说景致数大连，浅观初识不虚传。
碧空薄纱映山麓，浪里轻风卷波澜。
环岛绕行似入画，海天极目云帆连。
车水马龙绿荫下，高楼靓丽入云闲。
流光溢彩宽阔路，十色五光商贸繁。
广场宽阔呈特色，公园点缀市区揽。
满目花草绿茵地，雕塑别致添景观。
勃勃生机开发区，珍宝遍地金石滩。
北方明珠熠生辉，景在画中人似仙。

游大连老虎滩

五虎貌威严，
啸跃在滩边。
欲到海中去，
与龙斗一番。

参加厦门第七届投资贸易洽谈会有感

白鹭盘旋浪花卷，皓空明月海中天。
五洲宾客鹭岛聚，友谊之花甜心间。
盛会搭建大平台，项目为媒情义连。
寻觅伙伴求合作，互为双赢谋发展。

乘飞机赴厦门参加经洽会有感

扶摇直上至九重，云朵变幻脚下行。
伸手可触日星月，俯瞰山河神雕工。
晨感南国暑浪滚，夜伴北国舞雪龙。
应笑金猴神通小，何能瞬间到天庭？

游杜甫草堂

江河风云一纸收，世间苦酸心中留。
诗文如刀剔世象，怒言锋句向高楼。
半生潦倒痴民意，满腔悲愤横春秋。
奇文争阅传千载，粪土权贵与名流。

鲁西参观考察有感 ①

夏日疾车鲁西行，惊叹云涌起蛟龙。
飞歌情韵动地诗，妙笔浓意绘彩虹。
顶天群体立河畔 ②，强企散落灿若星 ③。
待到红叶迎风起， 煮酒笑谈论英雄。

注：① 2005 年 7 月中旬，区委主要领导率队，考察参观
　　了聊城、德州等地，所到之处，抓经济工作力度
　　大，规模大而强的项目震撼人心，超出预料，深感
　　形势逼人，有感而发。
　　② 河畔，指黄河岸边。
　　③ 顶天、强企，皆指规模大、效益好的工业项目。

放歌河山
FANGGE HESHAN

49

鸭绿江畔行

断桥残墟水凋零，任其浊浪滔滔行。
春风少绿对岸柳，云连雾随天两重。
和平发展人心向，安居乐业心之同。
一春待泻天地新，何时堂前燕声鸣。

过友谊关所思

友谊关前翠欲滴，
山水相连情相依。
风雨飘散天高阔，
一楼笑语伴鸽呢。

友谊关随想

友谊关麓碧绿葱，山水相连情意涌。
唇齿相依同日月，长河养育共存生。
近邻犹比远亲贵，一泯恩仇笑南风。
携手再谱友谊曲，敞襟举杯仍弟兄。

登鼓浪屿有感

翠绿尽染一屿春，琴声笑语桃面人。
白鹭嬉随吻细浪，巨岩昭显民族魂。
花繁叶肥遮楼宇，疾舟耕海追日沉。
最盼明月为桥渡，同胞畅饮在金门。

观台湾岛有感

2003 年 9 月 9 日赴福建泉州惠安县参观古城，观惠安村，遥望台湾岛有感。

浪花戏白鹭，海上明月升。
千里共婵娟，浓浓两岸情。
毕竟同根祖，何必定陌生。
漂泊终有日，团聚众心同。
一国两制式，炎黄血脉浓。
两岸同欢乐，中华大繁荣。

澳洲之行

碧蓝长空闲云悠，天际绿野掠飞鸥。
浓草浸蹄牛羊影，花木清香润房楼。
浪轻翻卷绕疆土，地广人稀佳气候。
时空颠倒别情趣，澳洲处处竞风流。

观 新 加 坡

（一）

久慕狮城处处新，身临其境方叹真。
满目翠绿袖珍地，一城繁花吐芳芬。
细雨常润楼浸雾，花丛蝶飞车流云。
港口塔吊林耸立，犹如海中抓龙鳞。

（二）

略观狮城新加坡，处处花草满目歌。
人流如水井然序，白云荡海悠自得。
楼宇错落拔地起，码头巨轮龙穿梭。
弹丸之地盎然景，思索良久答案多。

考察新西兰有感

湛蓝碧空疑入画，白云飘荡如轻纱。
极目遥观千里近，山川青翠草傍花。
群牛悠然卧肥草，骏马披毯任天涯。
只见原野飞车路，哪见仙境有人家。

乘日本新干线感慨

长轨如线卧蛟龙，恍似飞箭疾如风。
两侧楼舍仰合近，山田水路欲升腾。
窗外呼啸长笛远，车内寂静无喧声。
瞬间悬驰五百里，疑入月宫离东瀛。

水 调 歌 头

澳大利亚观后

沙细涛轻涌，
碧海抹黄红。
健儿踏浪腾越，
板上起蛟龙。
楼舍清新如洗，
满目翠丛摇曳，
银燕穿云行。
驰名歌剧院，
熠熠耀眼明。

疆土阔，
国人稀，
资源丰，
独有天姿神韵，
满目皆春风。
科学发展和谐，
法制导引聚力，
锦绣好前程。
天下应共有，
何若独你逢。

游越南下龙湾

自古海上有仙山，惊叹奇境下龙湾。
波澜不惊群鸥舞，碧波清幽龙翔浅。
苍翠奇崖连翠峰，突兀高低黛色染。
远观虚幻蜃楼景，近察奇妙水连天。
白云缥缈呈瑞气，巨石嶙峋处处渊。
飞鹰矫翅掠长空，涧深洞奇越千年。
亘古造化显神工，赏景悦目心随帆。
忽闻船下轻声唤，一叶轻舟飞身边。
"满船南风肥又鲜，浪里品尝味不凡！"

·抒情自然·

SHUQING
Ziran

ziran

春 雪

飞雪相伴红灯笼，
九天飘落片片情。
待到山花烂漫日，
风舞春潮歌如虹。

春 节

眷恋金秋又送冬，富足祥和喜相逢。
腊梅绽放冰消日，春联鞭炮迎春风。
千枝杨柳吐心曲，万家团聚乐融融。
暖流染红太阳脸，礼花映照华夏情。

春 晨

枝梅怒放探崖立，
碎冰汇滴悄成溪。
银钩伴云忽飘雨，
晨芽破土犹含泥。

春 风

破雾冲寒飞万家，摇曳春联催芽发。
携雨轻唤燕来早，心系千红万紫花。
掠雪抚冰送冬去，润川暖峰琼意压。
但迎夏雨九天起，送来狂飙涤尘沙。

春观桃林农田小记

半山胭脂半峰云，
一犁汗水万垄新。
游客痴喜人欲醉，
农家耕作忘洗尘。

春观农忙小景

花短日移时为金，
哪顾落英舞缤纷。
春播希望千万顷，
盼秋流彩醉人心。

春光早行

雾薄云淡霞染天，
幽香最是含苞间。
鸟栖惊枝飞花雨，
淡绿嫩黄满山川。

春夜思

细雨潜入夜，
万木齐竞发。
何须争春意，
金秋观农家。

春节后第一场春雨

古历正月初六夜，春雨霏霏，雪花相伴，给喜庆的春节带来清新之感。观万木新姿，枝头初染，生机待发，万紫千红指日可待。

（一）

丝丝细雨伴春风，
潜入暖夜寂无声。
枝头鹅黄一点染，
何愁百花万紫红。

（二）

细雨霏霏扑面来，
爆竹九天笑开怀。
神州待染千般翠，
二月春风一剪裁。

春　景

暖气飘流浮云行，
细雨纷飞绿渐浓。
才叹落英归何处，
又喜新蕊枝头红。

春 日

酥雨轻染旷野朦，
瞬间风拽云无形。
一头扎进春风里，
满目山翠桃花红。

春 意

昨夜风骤雨稀疏，
云浸半月时隐趋。
晨推窗帷恐春迟，
桃枝蕾瓣挂柳絮。

春 泥

苍茫原野卧残冰，厚情何须惧长冬。
忽如一夜梅香远，万里如酥百媚生。
鹅黄淡描千根长，碧芽浅染满隅青。
喜看犁飞翻金浪，满目新泥笑春风。

观 春

春回大地有风知，
何必听冰到塘池。
山涧峭崖观险处，
一点嫩黄乱钻石。

春雨

（一）

一朵桃花一串雨，细雨霏霏随风舞。
入泥悄催春心动，半滴染得翠轻拂。
千枝摇动风吟唱，万木舒展暖气浮。
苍茫抚荡满目靓，泼洒姹紫嫣红图。

（二）

一缕春光丝丝雨，轻染柔枝催芽吐。
潜入百家辞寒意，润透憧憬心头舞。
黛浸万壑山色新，绿抹阡陌心如许。
最是春风关不住，洒来轻滴湿桃符。

迎春花

何顾百花妒，
迎风傲骨寒。
串串黄金朵，
报春到人间。

早 春

初春之时　冰融　　杨柳吐苞　山川平原
地膜银白　科技兴农　深入人心　有感而发

嫩芽悄染柔枝梢，
梅瓣飘洒觅春潮。
神笔浓泼银世界，
疑是苍穹降鹅毛。

水 边 春 韵

万丝轻柳岸边垂，
风起满波惊鱼肥。
凌碎鸭凫翅抖劲，
绽黄尖芽笑春回。

金鸡迎春

雄鸡高歌报春风，征途漫漫豪气生。
回首舒望花满树，百年期冀旷世功。
登高辽阔三万里，腾飞华夏千载逢。
神州风雷震天宇，姹紫嫣红锦前程。

早 春 行

信然黎时走单骑，举目云闲拥燕呢。
路满香风串串笑，两侧绿绒涌小溪。
绕墙碎花钻隙出，一园油翠盛满篱。
情摇柳枝琴声妙，满河雏鸭向天啼。
春来神笔绘碧野，寒去酒热醉乡里。
人在画中不思归，心随潮起风作梯。

春行梨乡

春风一夜入山峦，梨花如雪何惧寒。
绿浮白云天地新，玉龙搅动万壑绵。
蜂飞低吟戏蕊舞，峻岭隐约冰凌闲。
唯有峭峰心若定，任你花海卷巨澜。

仲春晚色

月浸轻云浅，星洒静夜繁。
叶肥鸟栖隙，酥风拂肌恬。
晚香醉半城，花瓣羞欲悬。
春随心潮涌，黛色疑暮寒。

夏进山里

蝉鸣满山隅，叶垂走骄阳。
蜂歌榴花醉，藤绕绿挂墙。
云悠浮峰峭，薄雾染水长。
潺落银珠碎，叶荡挺白杨。
风轻推穗涌，果香荡坡梁。
草深微动处，尾甩见牛羊。
碧绿掩红瓦，无线织网忙。
合奏同心曲，疾步奔小康。
登高望流云，只待秋染黄。

初夏闻蛙鸣

何问栖身塘荷中，仰天笑雨傲狂风。
历经寒冬重抖擞，敢向闪电下战缨。
呐喊欲向九天问，长鸣能让大地惊。
谁道身卑体魄小，群言奋词媲雷声。

临 秋 图

长风飞流万浊清，半月悬空众星生。
叶摇暮色凝豪气，藤下瓜卧秋虫听。
青山悠悠天地大，鹰击九天观峰轻。
极目天高云追雁，呜咽排鸣离声声。
稻菽披金盼仓归，流瀑飞崖映果丰。
牛尾拂蝇喜草肥，残荷叶厚立蜻蜓。
草深群羊忘归路，浪花满溪奔流东。
菊硕怒放送迟夏，一杯清茶聊月升。

感 秋

忽闻南雁呜咽长，满目稻菽拂风扬。
枯叶飘下知春夏，牛铃摇露星月忙。
尘落云闲悠悠步，勿须躁浮心绪狂。
但观菊兰清高气，何惧寒风半纸霜。
秋高天阔碧空洗，千里油彩皆华章。
莫道霜高萧杀重，浓笔轻抹遍地黄。

秋　至

一叶飘然落，
夜空秋虫吟。
云淡朵朵轻，
天高星斗新。
月明天地宽，
风和畅乾坤。
秋实惟奋斗，
人勤土变金。
凝聚春夏力，
共铸丰收魂。

初秋之穗

历经冬春夏，
累积枯与荣。
风清天高阔，
低首待充盈。

自然抒情·
SHUQING

初 秋 观 叶

一叶飘落已知秋，根深何惧凉风嗖。
装点大地绿未去，再染秋韵伴云悠。
甘为荒漠遮荫凉，愿挡风狂雨渐收。
待到雪飞严冬至，驱寒护根为被裘。

初 秋 之 韵

清风徐吹暑消迟，满目山川如画诗。
极目远眺千里远，又到天高云淡时。

秋 夜

风满乾坤月满楼，云淡天高金抹秋。
美酒溢杯桂花伴，多少心语到眉头。

傍晚秋色

薄云飘渺万户炊，轻鞭细缰牛自回。
流金秋梦一车载，豆下蟋蟀翅厚肥。
富足伴着自豪涌，晚风催动金穗垂。
拽片月光披纱舞，嫦娥欣喜定相随。

秋　热

　　8月23日，已是初秋，闷热如暑，雷雨交加，有感而发。

　　　潮湿闷热风门堵，
　　　电闪雷鸣天泼雨。
　　　酷暑何惧清风至，
　　　伏退又遇秋老虎。

秋 月

银披大地月似弓，玉树飞花歌平升。
嫦娥欢笑轻舞曼，吴刚捧酒赞浆琼。
春雨浇得山河醉，秋风吹落金万重。
天下一轮双节至，冰心遍洒华夏情。

秋 雨

细雨潇潇暮云稠，秋风徐徐心何求？
大地苍苍水津津，骄叶片片去欲留。
洗涤山川浮尘气，滋润枯木渡寒流。
但望冰融雪映日，家家红梅绽枝头。

秋野拾趣

秋深风高满天霞，遍地尽披黄金甲。
稻菽弯腰迎宾客，翠珠跌离大豆荚。
玉米畅笑千丝甩，拽掉围巾露脸颊。
棉桃绽开雪白衣，当空银练舞风华。
高粱如炬临天擎，红霞自怯容颜乏。
花生抖起一群果，挣破壳内红娃娃。
满树果实坠枝梢，串串歌声传农家。
双手展开丰收图，豪情织成幸福花。
盛世万景顺民意，农桑硕丰强天下。

秋雨景色

狂风骤然起，
乱云携雨疾。
天低暮色近，
鹰掠孤雁啼。

田园秋色

田间十月景色美，云淡天高情满堆。
清风旖旎荡金落，七彩映山牛羊肥。
铁牛奔驰犁翻浪，摇耧铃伴笑声回。
收获希望播汗雨，遥盼春雨催春雷。

秋 雨 怨

（一）

秋日银河龙多情，
大中小雨落不停。
城市清新处处美，
农家户户展愁容。

（二）

龙王无事尽播雨，
犹如天河倾不堵。
水帘珠丝倾情注，
哪管农家谷与蔬。

秋

不慕千红万紫春，
硕果盈盈始为真。
金秋装扮山川秀，
风雷雪雨铸忠魂。

牧童秋趣

犍牛悠缰自饮溪，
顽童豆垄捉促织。
拍捂扑闪混不觉，
惊飞斑鸠声声啼。

秋 色 吟

月明星辰近，露沾碧叶泥。
清风拥金浪，飞燕离声啼。
瓜大叶下卧，蔓攀花上篱。
果红染四野，稻香三千里。
蟋蟀豆下唱，鱼跃龙门低。
泉溪跌层嶂，潭深如镜洗。
天远雁欲去，草深肥野鸡。
云高风自悠，气清浮尘稀。
峰近众山大，民贵国强立。
九州心一统，天下谁能敌。

雪 意

雪压万籁寂，
梅香千里寒。
雀嬉枝曳舞，
春风何须年。

中 秋 月

岁岁年年星河转，
又到赏月天。
天依旧，
月又圆，
亲情满人间，
此景何价换。

天地间，
月同圆，
唯有亲情暖。
中秋月，
万心甜，
乡绪千万丝，
玉壶冰心悬。
天涯一轮月，
四海共婵娟。

深秋观落叶有感

风高寒重骤然急，催动万木叶分离。
多为霞飞彩蝶舞，亦有翠片赴尘泥。
飘然化作七彩练，编织美梦伴篾席。
忆昔茁茂遮风雨，更喜肥厚为干躯。
无怨无悔悄然去，喜看新芽绽新蘖。
待到大地春风劲，满目枝壮喜泪泣。

初冬乡间

信步农家观初冬，红瓦尽染炊烟中。
风吹金叶铺乡道，树树硕果摇微风。
粮囤旋转繁星笑，玉米卧楼穗含缨。
肥猪满栏撑破圈，一池鹅鸭向天鸣。
铁牛欢歌地作画，货车穿梭城乡行。
金鸡引吭小康曲，富足喜乐丰收情。

冬观桃园有感

近日观山峦万亩桃园，株株呈翠，枝条茂盛，宛如紫金。树干涂白，犹着白袍。远望冬季一片生机盎然，另有一种自然之美。

一望山远染碧重，万枝竞绽豪气虹。
白袍舒展如银练，金枝挺拔似虬龙。
根深沃土斗寒夜，宽畦树壮肥水盈。
飞雪绕株玉带裹，来日硕果香更浓。

雪中树

寒风雪卷枯叶时，
根深傲首挺且直。
嫩蕊含苞待春日，
遍是新芽满旧枝。

农历大雪节气日有感

农历大雪，天朗气清，温暖融融。全无寒冽雪飘之景象。真可谓时代在变，气候也在变。

碧空如洗满目晴，云起银落鹅毛凝。
寒剑缩鞘三寸短，冷意怯迎西南情。
雪踪影飞九霄外，清波涟漪盼冰莹。
何时狂风搅天日，举起冰山锁玉龙。

丰夜雪飞观礼花

2005年春节初七，九天茫茫，飞雪飘舞，瑞气万千。然爆竹声稀，寂静如水。忽见一烟花升空，即而一束束烟花冲天而起，顿时夜空绚丽纷呈，一派盎然生机。

瑞雪纷飞何时停，
灯烁不闻爆竹声。
忽见一束礼花起，
瞬间流彩染九重。

早春映飞雪

3月4日晨，东日初升，云层低暗，忽然西北风大起，大雪纷飞，红日映飞雪，万枝绽雪浓，瞬而晴空万里，霞光万道，春意乍现，满目生机。

浮云拽起迟日红，疾然横流三月逢。
雪片纷飞周天弥，瞬间万枝嫩冰凝。
梅瓣盛妆披脆脂，黄蕊淡抹笑春声。
池塘冰破鸭试水，银龙早春翱九重。

观 雪

纷纷扬扬落九天，潇潇洒洒飘悠闲。
苍穹无意聚神力，妙工刻意巧自然。
银装满目心头阔，苍碧同心银线连。
风拨枝条琴声起，玉龙飞雪兆丰年。

雪后

树树琼花絮满城，云雾悄退唯寒凌。
昨夜玉片搅天宇，今晨丽日满目情。
晴阔万里如碧洗，山川银装裹虬龙。
村隅烟直三千尺，雪中梅香数点红。

残雪诗春

大地微微暖气回，
风吹冰絮九天飞。
待到嫩黄满枝起，
化作丝雨润春肥。

雪天信步农家

雪飞漫天舞，冰封大地寒。
风啸瑟乐声，万枝为琴弦。
雀飞觅食急，孩童扣罩顽。
不见回程路，如坠云雾间。
信步寻炊去，遥观棚相连。
躬身推门询，农妇笑迎前。
举目碧绿浓，满棚春意绵。
瓜垂欲滴翠，辣椒挂梗前。
韭香呈朝气，番茄胭脂繁。
科技四时新，勤奋无冬闲。
寒峭奈何我，春色满人间。
留恋忘归去，远望灯珊阑。

四川黄龙雪山

雄横云天傲苍穹，
素裹银装万里情。
狂寒哪改英雄色，
茫茫雪海走银龙。

雪痕闲山

雪覆群山万壑浅，
暮揽玉龙满目寒。
云低风疾摇千树，
遥观峭峰傲天闲。

登山拾零

四月芳菲难寻踪，攀登始见桃花红。
溪水流潺含冰意，峰间盘旋唯鹰雄。
趋高万木苍郁重，松涛阵阵伴寒浓。
巅岚残雪映晴日，春风何入群山行。

蒙山茶

嫩芽轻染挂翠峰，傲梅迎雪催芽萌。
叶叶展舒天灵气，片片深含沃土情。
风雨相随云雾伴，飞瀑流潺映彩虹。
精焙巧烘一身翠，壶满清泉醉九重。

观大树有感

躯干粗壮挺且直，
枝肥叶厚步秋迟。
根伸沃土雨露润，
栋梁之才指日时。

观竹

茂叶挺立自成林，只需沃土三寸深。
春风吹拂七分醉，夏雨润得节节心。
碧翠修长何受妒，轻描淡笔亦滋春。
虚心风格柔情意，铁骨铮铮为精神。

观老年门球赛

场地如镜四面荫，老将持杆对球心。
弓腰贯注脚踏力，一掸球飞妙如春。
掌声喝彩声贯耳，笑听哨起喜得分。
忧烦飞往九天外，康乐童心幸福人。

观寒风吹落叶

一夜寒风万叶飘，满目凋零冷气萧。
枯虬拨动琴声咽，枝条鹅黄染眉梢。
冰封三尺地下暖，雪凝千里护冬苗。
待到鞭炮星空笑，株株腊梅披红袍。

观金星石砚

石朴天然藏山中，
亘古风云孕育成。
妙手精凿细刻镂，
华夏灵瑰惊九瀛。

自然 · 抒情 SHUQING

观 月

天高风清圆月明，宇宙兼程步不停。
历经寂寞无春夏，累积广纳方充盈。
旋转磨砺为澄照，穿云追星始为恒。
映日生辉银光烁，遥盼嫦娥大地行。

观省政协委员
齐德武先生珍绿园有感

汇集东西南北绿，
一园亘古珍奇图。
满目花香古树俏，
千姿勃发惊齐鲁。

临沂市兰山区村村通硬化路

　　2004年11月13日,临沂市兰山区村村通工程竣工典礼在马厂湖镇凤凰庄村举行。工程总投资2.2亿元,新建、改建农村公路143条490.9公里,全区466个村居已全部实现通硬化路。全区形成四通八达快捷畅通的交通网。

鼓鸣狮跃旗舞风,雪扬激荡映天穹。
春弦冬音同心曲,风雨凝聚村村通。
彩练直飞云天外,鞭炮喜开五业兴。
赶超浪涌平地起,路畅心齐狂飙腾。

雨中行

天地一色 云雾相连 乌云翻滚 暴雨在天 疾驰在途
浪花飞溅 有感而得

乌龙翻卷一线天,
大雨滂沱挂水帘。
飞驰车轮犹踏浪,
丈余波涛飞两边。

小重山

贺神州五号载人飞船成功遨游太空

中华神舟腾太空，
千年飞天梦，
真终成。
风雷闪电难阻程，
举世惊，
华夏齐欢腾。

强盛作后盾，
科技为先锋。
似流萤，
浩瀚宇宙任我行，
耀全球，
利伟属头功。

雷雨

乌龙翻腾豪气生，
雷鸣电闪携狂风。
瞬间倾泼天河水，
涤荡污浊迎彩虹。

暴雨袭齐鲁

2003年10月9日晚至12日18时，全省除胶东部分地区外，普降大到暴雨，鲁北地区降大暴雨，全省平均降雨量78毫米。德州宁津县城关雨量站285毫米。全省已降雨862毫米，较历年同期多38%，部分地区受灾。

风骤云急暗，雨摧晚秋寒。
齐鲁水横流，史无近百年。
狂雨如瀑泻，何问秧与田。
国富民殷实，怨天泪不涟。

悬崖冰凌赞

倾珠泻玉挂崖头，晓露素凝霜雪稠。
尔有冰琼天根在，倒观云海也风流。
冬来砺寒何畏惧，春至泪涌化情柔。
本洁来时还洁去，何求清白万古留。

读地震引发海啸

印度洋苏门达腊海域2004年12月26日上午8时左右发生40年来世界上最强烈的地震，据测达9级以上，引发海啸吞噬30万余生命，造成巨大人员伤亡和财产损失。

怒海突裂三百里，浪啸千丈如壁立。
破雾冲云席卷浪，群山霎时无踪迹。
舟车如叶荡沙底，楼宇顷刻化为泥。
欢笑飘落晨光媚，瞬间生死两分栖。
卅万魂归阎罗界，四海悲声恸天戚。
灾祸横飞苍茫问，恶魔偏向弱人欺？

打 麦 场 上

丰收满场座座山，抢时脱粒战犹酣。
机器吐粮欢歌唱，碌碡飞旋伴响鞭。
麦草垛垛遮笑月，粮堆节节映蓝天。
流金淌银景色美，小康路上乐无前。

大红袍茶

慕名亲瞻大红袍，依崖而卧偎山坳。
寒风霜侵雾相伴，日映峭壁冷暖潮。
南风徐徐吸灵气，北雨洒洒仙露瑶。
肥云荡荡洗叶翠，瘦溪绕根壮枝梢。
玉片镶金红如玉，金梗着银紫气浩。
境奇秘制品为贵，红袍披身占风骚。

雾中行

梦游云海万丈桥，浓雾茫茫混飘渺。
灯束集目三尺远，车轮纤悠缓步摇。
残日怠倦淡如月，寒风卧坡锁气豪。
何时疾风残云卷，天马直奔九凌霄。

晨　意

推窗举目少碧青，
数枝硕菊摇曳红。
最是翠竹可人意，
倚墙萧萧诉别情。

初　月

银钩依云待暮沉，
可知玉壶赤丹魂。
飞花醉野不妒香，
只伴星斗照途人。

白 杨 树

情涌枝摇白浪翻，挺拔挽雾揽秋寒。
数经岁月多风雨，几度沙尘多雨涟。
一片林荫香满地，半帘秀影护花繁。
天生铁骨悬梁劲，我欲高歌做远帆。

大 鸡 颂

乙酉鸡年，拙句八言，抒大吉大利之意。

一团锦簇天然成，红云冠顶豪气雄。
怒目敢与蟒蛇斗，铁爪扫尽魍魉虫。
长夜啼鸣驱魔鬼，五更不眠送月明。
展翅欢腾吉祥至，高歌颂曲东方红。

菊

（一）

不与百花争奇艳，
挺风傲霜不惧寒。
悄然怒放展丽质，
情洒幽香遍人间。

（二）

霜重展风姿，
怒放傲严寒。
迎雪第一秀，
馨齐梅竹兰。

喇叭花

根基浮浅巧逢迎，
牵强附会善钻营。
得志狂鸣不羞耻，
管它痴梦天欲明。

兰 草

不慕富贵不附攀，
清纯幽雅唯自然。
淡观世尘风云变，
只留清香在人寰。

梨 花

一夜细雨万枝发，
白云数朵落山崖。
春风卷起千堆雪，
玉片飞入百姓家。

柳

大地处处能生根，万丝飞扬亦精神。
垂首峙立傲风雨，雪中摇曳俏迎春。
沟壑河畔何惧苦，折梢攀枝少怨心。
挥笔碧绿山川秀，九天歌飞我为琴。

桃 花

二月雷声掠山乡，
千棵万枝绽芬芳。
不惟胭脂点春色，
只为天庭赛浓妆。

仙人掌

威风凛凛，
针棘遍身，
姿态各异见精神。
狂风不倒，
烈日不惧，
扎根孤独自深沉。
铁骨情，
苦中乐，
干涸沙海铮铮魂。
不求索取，
何怨处境，
难得清香心；
奉献大地，
冷对邪恶，
怒向贪婪正义真。
看炎炎戈壁，
盎然挺立，
绿若秀林。

玉兰花

丽质高雅媲牡丹，昂首含苞伴杜鹃。
春风一笑玉龙舞，紫红如斗香九天。

玉兰花树下

雪凝半空搅春风，幽香涌流醉半城。
昨夜满枝碧蕾舞，今晨雪玉一树逢。
心清何顾百花妒，丹心遥对日月星。
万丝飞来唤春雨，不信山川不绿红。

观玉兰

寒伴枝头夜伴星，情浓何须惧长冬。
春潮滚滚携雨起，万千银瓣落苍穹。
片片玉雕俏枝上，团团雪云豪气生。
一片冰心酬春意，任尔冷潮与热风。

紫 藤

惠风拂春面，抬头见紫藤。
寻常未留意，举目喜又惊。
藤绕入云端，花遮一层层。
上下似繁锦，串串半尺盈。
通体呈紫色，翡翠聚结成。
摇曳香飘远，蝶舞蜂绕鸣。
犹入葡萄下，春色添新景。
可意扮春色，无心世争宠。
德馨众人赞，笑观春意浓。

咏 梅

红蕾浸雪姿，
傲骨绽凝脂。
天地幽香气，
报春第一枝。

高速公路

(一)

玉带落下九重天，蜿蜒天际绕山川。
浓笔油彩飘万里，长如画卷云水间。
车流奔腾通富庶，追风逐浪商机先。
疾电流萤世界小，五洲欢歌路路宽。

(二)

蜿蜒入云如天梯，春潮滚滚何有期。
山峦平原绕玉带，原野茫茫车流急。
货畅四海惠民众，人行五洲何足奇。
小康路上万马奔，雄狮奋起腾跃疾。

麦熟时节

旷目四野绿绽黄，微风拂动阵阵香。
杆壮叶厚添粒重，肥匀水足见穗长。
万顷波涌拔节脆，千川垄密喜灌浆。
待到布谷催晌日，月送清爽挥镰忙。

收 割

黎时麦田人声沸，布谷伴唱银镰挥。
疾车巧剪麦滚浪，万众挥汗映霞飞。
机器吞吐织虹彩，新粮飘香金银堆。
老农扬锨眉梢喜，富足畅笑心头追。

赏 竹 图

舒卷如听声萧萧，铮骨一片叶自摇。
浓笔只需三分墨，色轻凝透铁狼毫。
烟雨苍茫显奇秀，混沌世界独风骚。
若是心定独自赏，疑入竹林渡仙桥。

自然抒情·
ZIRAN SHUQING

植树节

锹镐挥情洒绿株，
才看早春莺山谷。
唯愿新苗如塔起，
汗水浇青秀丽图。

植树节有感

年年植树含情深，汗洒荄野盼成荫。
媒体喋谈何其数，仍多草枯少见林。
浮云若风酥雨少，殚虑寸光不凝神。
拂去流尘躬实意，满川绿荫似锦纶。

感悟人生

GANWU
RENSHENG

Rensheng

千秋羲之

2003年10月16日至18日，临沂市举办纪念王羲之诞辰1700周年活动。16日晚在市体育场举行纪念王羲之诞辰1700周年暨首届中国临沂书圣文化节开幕式，中央电视台演出大型文艺晚会《悠悠沂蒙》。迟浩田、蔡秋芳、连承敏等中央省、市党政军领导出席开幕式。撒贝宁、海霞主持晚会。著名演员杨洪基、李琼、江涛、李丹阳、吕继宏等登台献艺。

往昔书圣堪称绝，
故里今时墨客多。
结彩情飞民畅颂，
挖掘遗产写新歌。

观第二届全国少儿戏曲大赛

粉墨蕊蕾初绽开，稚气童音唱满台。
锣鼓弦丝伴音脆，字正腔圆巧亦乖。
唱念做打板眼正，悲欢离合满眉腮。
喜看梨园新苗壮，掌声笑声扑面来。

观某老领导画竹

案头见风骨，
聚神凝竹魂，
极目清翠千里，
风摇叶传神。
心清虚，
根深壮，
疏密显匠心。

细察壁上图，
略观疑竹林。
叱咤四十载，
风雨一路辛。
难能潜心对竹语，
鹏飞九天云。

参加三维集团日照分厂
开业典礼有感

发展定要敢为先，
路在脚下可移山。
地利人和抓机遇，
观念一转天地宽。

悼阿拉法特

巴勒斯坦国总统、民族权力机构主席、巴解组织执委会主席亚西尔·阿拉法特于 2004 年 11 月 11 日凌晨 3 时 30 分在法国巴黎郊区贝尔西军医院逝世，享年 75 岁。他是巴民族解放运动发起者，一位出色的民族英雄，历经磨难，未捷先死。

阿翁一生真英雄，　执着奋斗四十冬。

披肝沥胆何惧死，　笑谈迎面血雨风。

烈火铸就民族魄，　巴人尊严情更钟。

国事未捷神鸟去①，长叹憾意至万穹。

注：①阿拉法特历经磨难，一生执着，被称为"不死鸟"。

拔河比赛有感

旌旗猎猎战鼓急，两军将士武装齐。

如龙长鞭握在手，豪气贯虹争第一。

加油吼声冲云霄，仰身弓腿猛用力。

怒目圆睁千钧劲，心齐敢让泰山移。

乘飞机有感

平地风狂起雷霆，鲲鹏扶摇入苍穹。
瞬间腾空三千丈，穿云破雾万里风。
直奔九霄天庭近，侧面伸手可摘星。
双臂揽得金钩月，拽朵白云作绸绫。
鸟瞰山河如图画，仰观天宇任我行。
笑谈金猴跟头远，银鹰面前甘下风。

读 史

战火燃尽万寂空，耳边犹闻铁骑鸣。
中原逐鹿风雷滚，边陲旌旗裹群雄。
霸业朝夕易新主，枯草倍受四面风。
但观亘古朝野事，更迭尽在恣颏中。

某商城火灾

报载，2005年8月，某市商城发生火灾，各级领导亲临一线指挥，虽经全力扑救，仍造成财产重大损失。

火魔吞噬某商城，风助烈焰凶无情。
闭门货积任肆虐，情急水龙少喷涌。
千万财产付之炬，百家客商囊内空。
举目灰烬断残壁，店外通宵闻悲声。
自营为牢少大略，商势纷繁缺一统。
霓光闪烁遮隐患，法纪督防纸上兵。
人祸至理应为训，凡事落实乃功成。

风 筝 叹

直上戏清风，
得意傲苍穹。
牵线一挣断，
跌落尘埃中。

第二届书圣文化节有感

第二届书圣文化节于2004年9月3日至5日在临沂举办，期间搞了一系列活动，展现了大临沂、新临沂的风貌。

羲之故里欢歌笑，宾朋汇集歌如潮。
古国遗风扬天下，翰墨筑起友谊桥。
浓笔万千秉师众，大地作纸精绘描。
一歌引吭众人和，数杆旗举多幡摇。
合作发展强根基，沂州万众皆舜尧。
书圣九重应有悟，池边泼墨再挥毫。

访 贫

进村入户访贫寒，家空如洗惊愕然。
病儿卧床十一载，父母劳耕泪涟涟。
门破草篷连村外，窗朽不挡秋雨绵。
迟送救金暖如炭，归途泪蒙愧无颜。

感悟·
人生 GANWU

观程维高报道有感

河北高官程维高，骄横跋扈恶浪滔。
重权在手鹿为马，目无法纪人变妖。
放纵亲信成鬼蜮，刚烈秉直横祸遭。
是非颠倒邪压正，流云遮日气甚嚣。
利剑高悬遂人愿，割除毒瘤恶腐消。
但愿官吏为教训，执政为民"三代表"。

观中纪委两典型电视片有感

一正一反两典型，一忠一奸两真容。
培民竭虑情系民，李真腐败蝇蛆虫。
同在蓝天太阳下，何故泾渭两西东。
闭目长思求答案，执政为谁路不同。

观看现代京剧《沙家浜》

拭尘重观《沙家浜》，激越心扉荡气肠。
大幕拉开英雄气，　琴弦锣鼓奏华章。
演活智勇双全女，　塑造威武好儿郎。
倾道军民鱼水恋，　歌颂砥柱英明党。
词句酌润如珍贯，　曲调精伦音绕梁。
拨去浮雾赞瑰宝，　国粹根在人心上。

贺二十八届雅典奥运会开幕

万名健儿聚雅典，海角天涯心相连。
逐鹿群雄豪气抖，橄榄五环手相牵。
叱咤风云国威壮，汗洒疆场友为先。
共奏和平发展曲，九州高歌动人寰。

观雅典奥运会中俄女排大战

女排决战扣心弦，险象环生翻波澜。
两霸相斗争天下，成败只在一线悬。
斗智斗勇斗谋略，拼力拼志斗敌顽。
惊涛骇浪船头稳，泰山压顶只等闲。
绝地逢生惊世界，精神铸就金牌缘。
银球直落乾坤定，国人泪飞无夜眠。

贺杜丽夺取雅典奥运会第一枚金牌

雅典盛会捷报飞，沂蒙女将显神威。
百步穿杨群雄赞，首金三一熠生辉①。
汗水泪水砺锋剑，披星戴月踏风追。
驱开浓雾战风雨，再攀颠峰高歌回。

注：① 三一，指奥运会第一天，奥运会第
一枚金牌，中国代表团夺取的第一枚
金牌。

贺中国选手获女子网球双打金牌

网坛双花真杰雄，胸中自有百万兵。
过关斩将何所惧，笑对天堑淡如风。
挥拍飞动巨星暗，球如闪电耀长空。
勇摘星斗天笑我，黑马驰骋傲颠峰。

赞刘翔勇夺雅典奥运会
110 米跨栏金牌

中华健儿不惧虎，雅典赛场逐群鹿。
跨栏只作登天梯，高手如林权作无。
健步如飞惊天下，如燕掠空当世殊。
雏鹰扶摇三千丈，笑看天堑皆通途。

糊涂官办糊涂事

看《焦点访谈》报道河北某学校小学招生,只收县属党政事业干部职工子女,附近老百姓子女只能望校却步,引起群众不满,感言之。

学校大门向南开,无权非官莫进来。
民如天大为至训,人怨众愤何足怪。
听似有理却无理,道是糊涂却明白。
心中少有百姓意,缘何屁股坐不歪。

纪念毛泽东同志诞辰 111 周年

伟人长逝盖世功,巨轮红日耀长空。
瑕疵难掩擎天柱,万众缅怀长泪涌。
大江排浪东流去,龙腾飞舞起东风。
云高地阔落花雨,繁华似锦新征程。

怀念邓小平

（一）

中华崛起惊人寰，
邓公功勋厚云天。
光照大地千秋业，
历史从此谱新篇。

（二）

百岁诞辰思更深，
七载别离忆常闻。
八年抗战名鹊起，
中原逐鹿铸忠魂。
难忘最是三落起，
主席称赞绵里针。
三中全会指方向，
巨手挥动定乾坤。

纪念王小古诞辰九十周年笔会

贤达毕至馨绕梁，学子师友聚一堂。
忆德情真声声切，颂艺诚挚句句详。
尊师挥毫山河美，创新泼墨五彩长。
辈出新人各造诣，小古应笑九天朗。

王小古先生九十周年纪念

书画奇才王小古，艺高德馨惊齐鲁。
梅香苦寒多砺难，妙笔丹青心如许。
生死劫难不悔志，铁骨柔情聚一炉。
斜阳落晖天飞泪，小古化虹成千古。

见王卓胜先生有感

2004 年 4 月 18 日，赴沂山观光，临朐县政协副主席、原泰池酒厂厂长王卓胜同志到穆陵关迎接并陪同，久闻大名，始见其面，不胜感慨。

沂山俊杰真精英，敢到九天揽月星。
其貌不扬真铁汉，体魄不魁鼎敢擎。
央视标王雷贯耳，妙笔如椽助业兴。
豪气直逼川黔地，古池汹涌刘伶惊。
商场玄奥应妙算，决胜千里因势衡。
霸业未酬志不已，长留憾意向苍穹。

煎 饼

面糊卷动匀又圆，
热气蒸腾板匙翻。
脆柔绵润溢美味，
香洒四季惠人恬。

连宋大陆行

一踏故土泪成行，声声音切唤爹娘。
树高千尺根系枝，云荡四海月为乡。
残烛应悦烈焰近，涓溪更思巨浪长。
情丝万缕骨连筋，浅峡何不同炎凉。

临沂立交桥通车

临沂城首座立交桥于 2003 年 8 月 1 日通车，有感拙句。

名城水城商贸城，
两雀腾跃翱九重。
飞来彩云两区间，
沂州大地起蛟龙。

路 灯

风霜雨雪傲风骨，情与星月结伴出。
夜幕初上可人意，照亮一卷归家图。
霞光拭去心头怨，苍穹细语伴征途。
晨曦托起云抹彩，仰天笑谈魍魉无。

永攀高峰

人生本是大舞台，
天降于斯我必材。
生旦净丑豪气抖，
高峰永攀志不衰。

两岸实现包机对飞首航

　　1月29日上午8时，中国国际航空公司CA1087号航班满载着两岸同胞的骨肉情深和殷殷期望，从北京首都国际机场的跑道上腾空而起，飞往台北。它的起飞宣告2005年台商春节包机正式启动。这是首架飞往台北大陆民航班机。当天，两岸共有9架航班参与此次对飞，完成了两岸历史性首航。从1月29日至2月20日，穿梭于两岸蓝天白云的48个航班，在专家们看来，注定要超越自身的时空局限，在历史上写下值得铭记的篇章。

> 银鹰冲九霄，
> 直飞宝岛。
> 隔海五十六年梦，
> 圆在今朝。
> 热泪涌，
> 情振奋，
> 逐浪高。
> 乡音乡情乡思，
> 酒浓茶香人俏，
> 满舱笑声笑脸，
> 彼此无老少，
> 骨肉情同足，
> 九天乐陶陶。

本是华夏子孙，
同根同祖同胞，
民族大义为重，
前嫌应释消。
何须兵戎相见，
弩张剑出鞘，
更见浅浅海峡，
阴云密布，
不越雷池毫，
亲之痛，
仇者快，
窃贼乐逍遥。
毕竟血浓于水，
骨断筋连牢，
人心向，
大趋势，
海峡架金桥，
携手兴华夏，
神州尽舜尧。

论人生

行云流水急匆匆，时光如梭春移冬。
宇宙长河一瞬闪，嬉笑顽童变老翁。
振兴中华千载日，天高地阔翔雄鹰。
光芒耀烁金质本，志向高远勇攀登。

庆八一联谊会

彩霞流火红日追，酷暑高温仍发威。
靶场练武历在目，纵论天下音耳迴。
时转人易风云幻，军民一心何惧谁？
三军裹袍跃鞍骥，秣马厉兵擒犯贼。

卖 瓜 翁

笠遮骄阳扇摇频，干啃煎饼荫栖身。
半年辛劳一车载，心惦病妻盼归人。

卖 花 店

姹紫嫣红香溢室，客求何问早与迟。
一束一篮巧手扮，情深最是花笑时。

捡麦穗老妪

赤赤炎炎麦垄长，老妪捡穗负骄阳。
骨瘦难追笠吹远，步弱履艰筐为墙。
趋腰捶背汗洒地，悲怆含泪唤儿郎。
乌鸦反哺养育恩，娶妻何故弃亲娘！

满 江 红

贺北京奥运会会徽2003年8月3日揭幕

全球翘首，
横空现奥运之魂。
齐惊叹，
尽收聪慧，
华夏神韵。
雄卷舒展惊四海，
五洲赞誉飞花锦。
看红绸舞动遮星辰，
情最深。

百年梦，
终成真。
心十亿，
候嘉宾。
待英豪指日奋力搏拼。
雄鹰扶摇展雄姿，
洪钟大吕奏强音。
盼健儿重整我雄风，
天公顺。

满 江 红

抗 非 典

非典毒魔，
肆无忌惮来势急，
露狰狞，
张牙舞爪，
穷凶恶极。
红旗挥动战鼓擂，
炎黄子孙铸铁壁。
听华夏高奏同心曲，
一盘棋。

英明举，
撤庸吏，
设病区，
立铁纪。
科学重探索，
披荆斩棘。
白衣天使无私畏，
华夏儿女织天衣，
看众志成城扫恶魔，
全无敌。

人生 感悟
RENSHENG GANWU

梦 圆 飞 天

神舟五号载人飞船于 2003 年 10 月 15 日在酒泉卫星
发射中心发射成功，杨利伟成为中国飞天第一人。

（一）

雷霆长征送神舟，
浩瀚宇宙任探求。
九重飞天恍如梦，
追日揽月摘星收。

（二）

几梦飞天游太空，
如今宇宙任我行。
穿星追日靠科技，
利伟访天建奇功。

铺 路 石

来自巍峨高山身，粉身碎骨亦精神。
路中默默心甘愿，通途之下赤子心。
任凭千钧身上过，何惧车流飞奔轮。
有朝聚合凝雕像，雄风依旧铮铮魂。

桥

横卧江河溪流中，任尔车马人踏行。
忍辱负重无怨意，何顾利禄与功名。
风雨不蚀钢铁志，时光难褪磐石情。
自与彩虹比身躯，笑观月移日东升。

莫　论

莫论枯叶卷曲黄，曾经油翠耀春光。
情染山河千般秀，风起舞兮傲秋霜。
莫论衰菊絮枝凉，曾经硕斗寒送香。
金秋呈彩万景色，风摧枝劲弱实刚。
莫论老牛步倚墙，曾经威健活力扬。
负犁如飞月作伴，汗洒五谷草为粮。
莫论草枯干瘪黄，曾为山川披绒装。
碧绿一笔天地新，春燕戏花闹春忙。
莫论风峭寒气狂，曾经轻柔暖意扬。
伴雨飘云苍穹大，尘埃一去碧空朗。
莫论老者步踉跄，曾经激流为栋梁。
披风载雨如磐志，红心映旗铸辉煌。
长江后浪推前浪，太阳卸妆月浓妆。
冬去春来星斗转，万木争春天地长。

七月七有感

又到人间七月七，牛郎织女可泪滴。
天翻地覆山河变，神州腾飞动地诗。
彩虹只作空中画，飞船瞬间逢月依。
何愁两岸相思苦，电波万里传信息。
昔怨玉瓒一划狠，今闻王母盼归婿。
喜鹊翩翩何筑桥，滔滔银河化小溪。

清明节祭扫颜真卿墓

祖宗陵前焚纸钱，揖拳跪拜忆流年。
精纂论语功盖世，孝悌治家国之贤。
满门忠烈鬼神泣，书翰墨海卷巨澜。
四海皆为此姓甚，忠孝首推天下颜。

人民法官

国徽闪闪映日红，丹心一片向天平。
秉公执法匡正义，公正维权情至诚。
搏击风雨无怨意，踏破铁鞋唯民情。
人间有道法为上，铁面无私笑东风。

人民检察官

天地荡荡豪气流，利剑高悬鬼妖愁。
魑魅邪恶心胆战，情系民众万情柔。
缚鬼常明灯伴月，除魔何惧霜满头。
激流险滩搏风雨，凛然汗青写春秋。

公安干警

群众在心重如山，平安为上大如天。
历尽艰险除民害，笑对风雨志更坚。
出生入死何惧苦，披星戴月民情牵。
挥动绳索三千丈，缚得鬼蜮心胆寒。

交警

眼观六路八方风，凝目黄绿红橙灯。
手臂挥动千般暖，脚移三尺万般情。
冷风密察飞轮疾，笑观雪霜遮衣篷。
一腔热血化甘露，唯愿平安伴永恒。

环卫工人

朝沐露霜晚接月，夏负骄阳冬履雪。
长街短巷留身影，宽窄路途志如铁。
冷讽热嘲随风去，花红挂胸甜心窝。
牵挂城乡天地美，新风新曲扬新歌。

人 生 感 悟

脚踏坎坎坷坷路，心系重重复复山。
胸中激荡澎湃情，极目风掠扫尘川。
花开花落有代谢，云卷云舒走飞烟。
浪花淘尽浊流远，无字丰碑留人间。

书赠书法爱好者友人

横渡墨海志作帆，险峰万仞奋登攀。
师古走笔灯伴月，创新何顾衣渐宽。
挥毫力劲千纸透，案走蛟龙卷巨澜。
莫道真经难寻觅，颜柳古风见真传。

致中丰朋友

人生哪有四时春，身心康健胜万金。
适量运动延年寿，粗茶淡饭朴归真。
兴趣广泛志高远，顺其自然平常心。
乐观豁达与人善，朝气蓬勃精气神。

苦乐丰

日转星移一瞬间，忆昔风雨苦乐天。
驻村三同历在目，酷日扶犁如眼前。
小吏十年无虚度，主政磨难少食眠。
铁骨斗邪不悔意，侠胆为民坚毅然。
奋斗不止永攀登，孺牛奋力再耕田。

写作有感

信手拈来两三行，不求李杜成华章。
但抒心头感慨事，记录世间态炎凉。
笔底高歌真善美，鞭挞邪恶纸见霜。
神思心游三万里，墨香碧空舞凤凰。
天地悠悠卷上走，文山攀登何论忙。
真情化作清风起，一腔热血天地长。

宴请老同志所思

新老相聚乐融融，一团笑语叙友情。
老树根深枝叶壮，新蕊勃发豪气宏。
相互傍依春拂面，尊老敬贤古来风。
喜看大江浩荡荡，追帆逐浪笑观虹。

沂州诗词联谊会成立有感

公务之余登诗坛，抒情达志新景天。
识薄学浅需勤奋，格律仄韵深细研。
三人同行能为师，尊古研新滴石穿。
学海无涯力横渡，奋蹄俯首再耕田。

辛锐烈士赞

何恋闺中锦罗飘，追星逐日皆可抛。
英姿全无娇骄气，驰骋疆场抖英骁。
意志如钢山可触，风扬雄魂媲天高。
饮弹含笑从容去，红心似火神州烧。

豫剧《朝阳沟》观后

情真意切胜千金，逐日追旗滚烫心。
天高海阔宏图志，志同道合情亦真。
苦斗寒冬梅花俏，扎根山区风尚新。
朝阳沟翠山更美，陈腐劲扫一隅春。

有 的 人···

有人难苦忧加愁，
有人酒绿舞高楼。
有人饥寒难温饱，
有人肉碗专挑瘦。
有人失业心内焚，
有人豪车兜貂裘。
有人求学无杂费，
有人比富撕钱丢。
有人父母破屋泣，
双亲念儿断肠柔。
挥金如土附权势，
白发二老浊泪流。
世界五彩多缤纷，
贫富差别古来有。
一颗仁爱心常系，
心阔天高万古谋。

迎鸡年

极目山河披绣锦，金猴跃去满眼春。
日新月异世人叹，华夏崛起世界林。
雄鸡高啼惊天下，神州腾飞国人心。
浩荡大江千帆竞，同心共铸中华魂。

元旦悲

金鸡呜咽啼声悲，十五万魂九天飞。
南洋岁末仙境地，瞬间墓地添新堆。
寰球同戚少人乐，天下何谈新岁追。
但祷冥界真善爱，化作彩虹渡人回。

注：2004年12月26日，印度尼西亚海域发生里
氏9级地震并引发海啸，造成印度洋沿岸各
国人民生命和财产的重大损失。

元旦感慨

风卷晴空寒山川，淡日迟迟欲暖天。
冰催步疾归家早，亲情满壶酒为仙。
金鸡高啼唱新岁，回眸笑慰征途艰。
攀越何惧风雨骤，仰首长笑苦乐间。

园 丁 颂

——献给教师节

三尺讲台一世情，双鬓尽染热血浓。
甘做人梯托杰俊，红烛泪干化彩虹。
夜半烛燃伴星月，挥毫浓彩染黎明。
刻奋换来香桃李，含笑漫步百花行。

互 拜 年

雪舞桃符笑傲寒，春风丝丝万家甜。
情真谊厚互祝福，文明古韵代代传。

书画庆两节

2004年10月，兰山区政协为庆祝建国55周年、全国政协成立55周年，举办书画展。名家荟萃，技艺精湛，堪称全市佳作。观后备受鼓舞。

沂河波平荡轻涛，盛世双节歌如潮。
绸飞染红碧空醉，翰墨抒情逐浪高。
纸上游龙颂伟业，长案丹青山河娇。
姹紫嫣红盛世景，沂蒙儿女皆舜尧。
巨龙腾飞千帆顺，神州画卷万笔描。
团结民主两旗举，巨轮劈浪万橹摇。

赠 友 人

仰天长叹应少无，风骨豪情无懦夫。
霜雨未褪画卷色，云染秋高红叶涂。
征途坎坷犹为训，运筹帷幄应用谋。
韬光尝胆待天机，举旗率众再绘图。

晚踱所思

傍晚凝思麻一团，观星伴月心豁然。
踱步沉思地广大，仰头求句天犹宽。
偶捡妙句眉头喜，苦思片语盈步连。
匆到陋室凑拙句，手舞足蹈儿时还。

自思吟

春夏秋移又临冬，似水流年匆匆行。
懵然白发三千丈，恍惚一梦斜日红。
耕耘汗滴滋土浅，披荆曾思棘刺疼。
自感负重无怨意，丹心铁意映虔诚。
日行八万锁不住，拴云拽月自多情。
奋蹄超尘自紧缰，低首扶枥奔征程。

中学同学聚会感言

同学三十年，二次聚会。多年不见，惊诧变化之大，不胜感慨，而言谈之中缺乏昂扬正气进取之心，弥漫颓废情性之情，有感而发。

历经风雨二十冬，弹指一挥又相逢。
纵论古今辞句少，聊侃空穴兴致浓。
品茗笑指华发短，言谈多为绕膝情。
谦恭唯喏缺豪气，奢杯吐雾多怨声。
勃发英姿今安在？击案抱负化缕风。
究因酌理求答案，疏学少思欠争雄。

自　勉

为何疾步苦追寻，皆为时光不等人。
两鬓华发搔且短，体魄虽壮不从心。
十年动乱学疏浅，从政繁务事缠身。
日转月移角色换，度时如金莫沉沦。
苦读诗书灯为友，踱步思句伴星辰。
不跬一步何千里？积土成山始为尘。
悬梁刺股终达志，铁杵恒力可成针。
汪洋浩瀚点滴汇，万里征程步步寻。
集腋成裘贵积累，深思善悟博学深。
胜利喜悦有风雨，彼岸须从浪里寻。
有志之士竞成事，奋斗不息精气神。

感悟·人生
GANWU

山乡即景

（一）

细雨雾若纱，
声声人语哗。
村女翩似燕，
笑绽一溪花。

（二）

晓来风静晴，
花露相映红。
蝶舞蝉亦乐，
高占一林鸣。

（三）

家园景倍幽，
群鹅绕村游。
树上垂玛瑙，
农家黄金流。

心聲蘭韻

xinsheng
Lanyun

Lanyun

春 之 梦

晶莹剔透的雪花，
满载着冬的富饶和俊俏，
一片一朵，携着欢笑，
织着质朴的梦，
悄悄地飘洒下来，
给大地一片静谧和妖娆。
于是，
大地开始编织着丰收的憧憬，
腊梅披上了待嫁的盛装，
枝头迎来祝福的小鸟。
悄悄地，
一丝凛冽的寒风，
拉上了冬的帷幕，
一丝温暖的气息，
绿的使者逗乐了人们的眉梢。
于是，
杨柳枝上孕育的叶蕾，
悄悄地涌动着内心的焦躁，
羞涩急切地向外张望、寻找。
于是，
对寒冬憋了一股劲的梅花、迎春花，
悄悄地在雪花和冷风的簇拥下，
放开理想，展示风姿，
欢快地翩翩起舞了。
风是他们的号角，
太阳是他们的自豪。

于是，春在飞雪中飘来，
小溪、河流挣脱了冰的束缚，
跃跃欲试，探头探脑，
沿着山涧前进，
去拥抱那浩瀚的希望，
奔向那日夜思念的归巢。
瞬间，大地涌动着春潮的希望，
突然间，似火山喷发，似瀑布倾倒。
一声春雷按捺不住急切的心情，
砰然地在夜空擂响，直达天遥。
于是，
五彩的光芒在上空绽放着希望，
欢笑载着人们的梦想，
划过星空，慢慢烟消。
今日在夜空中缤纷，
将来在夜空中闪耀。
于是，
悄悄地，农田翻涌着犁的欢笑，
牛的勤奋，鞭的精神和着春雨轻摇。
于是，
悄悄地，工厂里飞溅着钢花的舞姿，
机器里激情着汗珠的跳跃。
那如游龙般的东流，
放大着庞大的队伍，奔腾着。
那奔向建设第一线的人群，
披着金色的阳光，
在广阔的舞台上尽情唱起欢歌，
纵情舞动那雄健的臂膀，
迸发在如火如荼的今朝……

迎接春天

拭去厚厚的冬的眷恋
把春讯跑的大道打扫得干干净净
让风儿张开双臂
去迎接羞涩的春姑娘的倩影
没有梳妆
没有张扬
只是让春联把人们心头抹上了一层
红红的油彩
只是让爆竹给大地发了一个
清脆的信息
春天的脚步走得这般轻盈
它怕惊动了皑皑白雪对大地的深情
它怕冰封的酣睡把万物惊醒
怕冷峻的雄峰失去威严
怕莽莽大地再受贫穷
于是　它走得很慢很慢
一直走了整整一个冬
同时也真舍不得冬无限的深情
纯洁的意
执着的心
浓浓的情
舍不得严寒如钢的风骨
似铁的秉性

但料峭寒风中
绽放的梅花来催促了

土地中嫩嫩的萌芽已苏醒
悬崖上残雪的滴滴热泪在晶莹
蓝天白云在催了
温柔的风也在回应
春天　你快来吧
我们都在盼您垂青
于是伴着千树万枝的瑟瑟琴声
伴着池塘破冰的清脆
映着大地土纹当中湿润的泪花
伴着杨柳枝头的嫩蕾待放
春天悄然来到了
是啊
你来了
天就蔚蓝云行
你来了
水就碧绿浮萍
你来了
辛勤春燕会把大地剪裁得五彩纷呈
你来了
长长的绿丝带把天地装点成飘舞的流萦
你来了
亿万支如椽大笔
把人间涂抹得万心沸动
百花齐放姹紫嫣红
一个沸腾的岁月
又拉开了激情的序幕
火红的旋律又要奔向
新的征程

观春光有感

檐前滴落着春的初恋，
梦幻浇湿着冬的心境。
寒去大地醒，
山涧思冰融。

嫩芽冲破封闭的桎梏，
枯枝涌动希望的憧憬。
青山随风绿，
燕催桃花红。

泥土翻涌着犁铧的希冀，
扬鞭催响着摇耧的铃声。
希望心中结，
丰收汗浇成。

肥腴季节慷慨着大地的无私，
盛夏呼唤着春天的痴情。
春光匆匆步，
追日莫迟行。

夏 日 情 怀

火一样的情怀
编织着火一样的梦
火一样的性格
实践着火一样的憧憬

当布谷鸟那浑厚的歌声
伴随着启明星飘荡
当知了的声声长鸣
冲破了沉寂的黎明
当火红的石榴花
把滚烫的天幕拉开
展现在面前的是
活力四射的骄阳
红透的时空

你那滚烫的身躯
洋溢着青春的活力
你那火热的性格
释放着忘情的激动
你接过春的接力棒
奔向那新的沸腾的征程

啊 夏天
激情涌动的夏天
闪电中爆发着力的震撼
暴雨中宣泄着聚合的威风
狂飙中升腾着生命的画卷

XINSHENG 心声兰韵
LANYUN

153

火焰中锻铸着新的生命
世界因你的光临而美丽
大地因你的慷慨而动容
万物因你的力量而生机勃勃
苍穹因你的热情而激动

啊　夏天
热情是你的本质
无私是你的真诚
浓冽是你的情感
勃发是你的豪情

看　在你的注目下
麦浪滚滚
收割机游弋在万顷金波
长江黄河放大着身躯
摧枯拉朽　　浩浩荡荡
奔流向东

看　有了你的光临
车轮滚滚
如龙如水洪流急
钢花飞溅
汗水凝结着希望的虔诚
在你的注目下
时光如牵转速急
在你的注目下
大地满目葱绿千红万紫
装点着神州盛景
那高昂的铁塔
就是你坚强的意志

那飞越九重天的电波
就是你脉管中
沸腾血液的加速流动

夏　如火的夏天
你一年中最壮烈
四季中最辛勤
如火的情感
激昂的豪情
粗犷的性格
率直的秉性
感动着大地
激动着苍穹
待到金秋向我们走来
你那一无所顾的追求
永远激励我们
奔向硕果累累的征程

山中裸石

有人指
那是一大群绵羊
确实很像
乳白颜色
身肥个硕
有的昂首而立
有的相偎而卧
又极目观望
啊 太多 太多
实在太多
满山遍野
它们又像无助的云朵
在山际中飘泊

不 那不是
不是
那是幻觉
那是善良美丽的想象
绝不是现实

那是一片荒漠后的
露裸
是大地在深剥中的呻吟
是愚昧无知的狂掠的产儿
是人类慢性自杀的后果
是对野蛮的刻意报复

是对大自然亵渎的承诺
悲哉
洪水暴发
地球荒漠
气候变暖
大地干裂
于是
天使走了
魔鬼暴虐
希望走了
绝望补缺
血液干了
毒汁猖獗
天荒了　　地凉了
绿枯了　　心流血

让愚昧和无知走开吧
让真的羊来欢悦
让像羊的石走开吧
让清泉来唱歌
让春风来吧
让科学来吧
让蓝天绿色快来洒满宫阙
相信
经过我们勤奋拼搏
这里一定成为
脂腴膏肥的
碧绿田野而欢欣雀跃

长木柱天之歌

——献给各条战线上的政协委员们

在波涛汹涌的大海中，
你是浪花一朵。
在浩瀚的星河中，
你是普通的一颗。
在古木参天的森林里，
你呈绿着翠、根偎巨木。
在巍峨的群峰里，
你是小小的山峦一座。
绚丽的彩虹，
你是微小的颗粒。
万紫千红的春天里，
你是一片叶络。
普普通通，茫茫人海里仿佛你我；
平平凡凡，优美的旋律中一首轻轻的歌。

但是，
小小的浪花没有在波涛中歇息，
而是在搏击潮头，扬飙飞沫。
无垠天际，群星璀璨，
但你也在闪烁夜空，聚亮银河！
丛丛灌木，株株树林，
在为森林增绿添秀，
挡风迎雨，承光润露，
他们永远点缀春色。
美丽的彩虹瞬间能升腾化云，

然而七彩的倩影，
永远在人们心中定格。
万千沟壑，雄壮巍峨，
是群峰的气魄。
不断涌动迸发的岩浆，
才是他拔地而起的动力和秘诀。
片片绿叶，使大地充满生机，
春去秋来，飘落入泥，
让大地更加肥沃，让根系抵挡风雪。
团结一致，共铸辉煌，
是时代的强音；
万众一心，众志成城，
是历史的选择。
时代航船需要千万个强壮的臂膀摇橹，
四维苍天需要万千棵长木顶托。
这就是各条战线的政协委员们，
他们无怨无悔，
他们努力拼搏。
动人的乐章里有他们跳动的音符，
胜利的喜悦中有他们奉献的快乐！
这—— 就是他们，
不同民族，不同行业，
不同信仰，不同界别。
他们用双手编织着五彩之光，
涓涓细流汇成滔滔江河。
团结奋进吧！
为了共和国大厦屹立于民族之林、世界之颠，
为了九百六十万平方公里的大地繁花似锦、满目春色，
让我们万众一心，团结一致，
紧跟时代，纵情高歌。

XINSHENG 心声兰韵
LANYUN

长 霞 颂 歌

认识你
是从各种媒体
了解你
是从群众的心窝里
所以才知道　你
是一团火　是一把剑
是一片情　是一杆旗
惊呆的是
威武的战士猝然倒下
美丽的彩云远逝飘去
天地为你动容
草木为你抽泣
百姓为你流泪
中原大地为你惋惜
任长霞
新时代的骄傲　顶天立地
党的好女儿　浩然正气

巾帼英烈
胸装豪气
除恶斩魔是你的理想
警服　敬礼
是你崇高的希冀
你对百姓无限热爱
你对事业无限诚意
人民的天是你的天
百姓的情是你的根基

群众的泪就是你的泪
百姓的欢笑就是你最大的慰藉
你拼搏　日夜肩挑着风雨
你无私　心中唯有百姓的利益
你
儿女情长
但责任如山是天职
你孝敬父母
只有在电波中送去一片心意
你热爱丈夫　儿子
只有在问候中怀有深深的歉意
你说
让彩霞带给我的亲人祝福吧
因为　这里的群众也是我的父母
姊妹　兄弟
这里的安宁
才是我的唯一

你
双肩承担着责任　风雨
送走了乌云迎来了阳光　风光旖旎
你
双脚趟出了党和人民之间
平坦大道
因为群众信任你
所以人民才热爱党
旗帜才有凝聚力

美丽的彩霞
你太苦太累
你走得太早太急

一滴水也没喝
亲人的一句问候也没来得及
多少老人想握住你的手
等你去擦他们感动的泪水
多少孩子想牵着你的衣襟
等你去为他们撑起一片天地
多少人在办公室等你
希望给你诉说心里话
想把一杯热水递给你
多少百姓希望你利剑出鞘
斩尽恶魔
你却化作彩云飞去
那么突然
那么壮烈　又那么悄无声息

满天彩霞为英魂铺路
满天星辰照亮着耀眼的轨迹
大地为你悲歌
群山为你悲凄
因为你太年青
因为你太美丽
因为你太爱民
因为你太力疲
你已经化作高山
巍峨挺拔
你已经化作松柏
碧绿青弥
你已经化作彩虹
成为中华大地亮丽风景线
你已经化为雕塑
永远定格在人们心里

你已经成为永恒
永远镶嵌在共和国强大的根基
你已经化为彩霞朵朵
永远伴随着太阳冉冉升起
像猎猎红旗飘扬在江河大地
呵　彩霞
当彩霞满天时
仿佛你在向我们微笑
当满天云朵缭绕时
其中最美的一片一定是你
记住你吧
任长霞
天上只要有云就会想起你
山上只要有松柏就不会忘记你
因为你使红旗更红
因为你永远在群众心坎里

故乡的月

望着夜空
银光泻在沟渠 小路 汪塘
小时候
大人说是银盘
春天把种子撒上去
秋天就会收获一地银两
嫦娥
一个长得很美的女子
会把一切幸福 丰收 吉祥
带给人间一片善良
于是秋天一个傍晚
一个人悄悄来到村头小山岗
等呵 等
远望大地山峦 一片银白
豆子笑了 胀红了脸的高粱
地瓜拱破了被
玉米笑破了穗黄
石榴笑掉了牙
谷子笑弯了腰
月光在河里徜徉
小狗儿找到了母亲的担心
摇动着快乐的尾巴
在身边转着打滚 撒着欢歌唱
………
继续等一会吧
小狗困了 我也困了
于是渐渐地进入了梦乡

嫦娥来了　很美
是那般端庄
她轻轻地飘在我身旁
给了一个甜甜的笑
和一颗宝石
熠熠四射着光芒
兴奋的梦醒了
手里还攥着一个发烫的石子
陶醉得有些发狂
于是真信了这美丽的故事
回家　把月光捧进脸盆
装进了兜塞进篓筐
好好珍藏

慢慢长大
月亮随我迎接星光
月光流淌在石磨的崎岖旋转里
和我一起听大人们讲那些陈芝麻烂谷子
的故事
看着弯月轮廓渐渐淡去
月光在生产队长粗犷吆喝声中成熟
把片片轻风送给了晨曦中的汗水
月光在上学的路上徘徊
当返家的路上钻进了深深的高粱地
月光学着我的样子
挥动树枝　扬起手臂
于是我和月光挽起臂膀
有月光相陪　精神抖擞地走出恐惧
和孤独
虽然有狐狸叫声
但月光挥动了拳

驱散了精神的高度紧张

皎洁的月光
为我求学引着方向
为我劳作送来清凉
深厚的黑夜
浓郁的粮香
伴我纯洁的童年
一起成长
于是
成熟　茁壮
倔犟　刚强
在柔和的月光里
在故乡的土地上

长大成人了
常和月光相随
更加喜欢月光
无聊的夜晚　节日的欢笑
它乐着你的乐　静着你的胸膛
当丰收时　它给你舞蹈
当高兴时　它给你欢唱
当挫折时　它伴你坚强信心
当困难时　它说振作起来　我给你
无穷力量
我尚且能穿千山过万水
何况你四肢发达　健步昂扬
胜利时　遥望明月他会给你一个点拨
面对困难绝不彷徨
有一点成绩时　　月光说
不值得炫耀　自得

征途是无穷尽的　认识世界
改造乾坤努力开拓
就有更高的辉煌
谁是永远可相伴的朋友
只有月光
穷富不弃　失意不离
天天相思　月月相邀
多么可信赖的朋友
当月圆时　朋友
捧一把月光放进心扉
轻如风　淡如水
美如画　沁心脾
一辈子相伴
一辈子相随

回眸

站在新年门槛
踏着雪意风尘
蓦然回首
世间又一个轮龄
正悄然默默地
向我们送来叮咛

回眸身影的印痕
有群山作证
回首激情岁月
有大海和声
历史时空踏深了
脚步轻重
历程风雨沐染了
辉煌征程

纵然风狂雨浓
咬定发展不放松
聚万众神力
集千智万慧
趋利避害盼兴隆

实干兴邦
百废待兴
坚韧不拔
奋斗不停
大江南北　长城内外
碧浪沙戈　暮雨晨冰

聚力擎天国强盛
卧薪铸剑耀长空
观华夏
红雨随心翻作浪
怅廖廓
生机盎然舞东风
呵
一幅幅画卷九天挂
一曲曲凯歌绕珠峰
中华崛起
巨龙飞腾
看　万木争春
遍野紫红
百舸争流
千帆逐竞
大江东去
逐浪排空
好一派东方神韵
绚丽纷呈

看　体坛盛事
强手如林
雅典称雄
英姿勃发
豪气如风
奋勇拼搏
九天摘星
逐鹿赛场扫千军
东方神将天下惊
龙腾凤起千重锦
地厚天高十亿声
登上世界之颠

铸就金牌之梦
编织神话光环
媲美橄榄枝浓
国人为之骄傲
世界为之动容
不眠夜
泪飞如雨
花瓣如虹

威严三军
秣马厉兵
追日神箭
直指苍穹
敢射天狼
傲视苍龙
怒海铁甲
长空雄鹰
边陲将士
裹雪披风
枕戈待旦
祖国安宁
军号入云添斗志
战旗猎猎动豪情
一片丹心九州虎
三军浩气四海鹰
寸土不让分裂
万里疆土永恒
铮言如镌
语坚如峰

观世界风云
变幻无穷
巍巍巨轮

激流穿行
冰川力避
险滩绕凶
世界舞台
有我身影
主道正义昭日月
言辞掷地落有声
针锋相对为尊严
刚柔相济化疑情
心诚赢得真心在
无私换取挚友浓
微笑连四海
意浓情更浓
朋友遍天下
相携风雨中
和平与发展
机遇手中擎
国富山河壮
民强华夏荣
股掌运势
吾也杰雄

科学发展
国之繁兴
人与自然和谐相处
以人为本天地一统
能源合理开发
资源科学利用
优化生存空间
倾力保护环境
花香　草绿
天蓝　水清

地肥　畜旺
果硕　粮丰
山河舒展画卷
天地处处彩虹
遥远吗？似在梦中
但　它实实在在
就伴随在我们的征程

和谐民主
贴近群众
解民疾苦
心系百姓
田园里有总书记的足迹
茅草屋传来总理关切的询问声
为无助的民工讨来工钱
为辍学的孩子送去深情
洪水里　你一定能看到党旗飘扬
火灾中　你一定能见到国徽的鲜红
在厂矿
在医院
在酷暑
在严冬
亲民　为民
想民　忧民
帮民　扶民
安民　富民
滴滴汗珠播春雨
声声关爱沐清风
惩腐扬善
除恶铲凶
民心比天大
万物映日红

水能载舟
水能覆舟
历史大厦
靠万民支撑
古训　至理
安邦　国兴
画卷在浓色
天地在抒情
一片花雨
万里恢弘
……

回眸
热泪纵横
回眸
心潮难平
站在新岁之初
时代在书写新的篇章
历史将铸就新的印证
展望新的征途
我们将阔步前行
春光更加明媚
事业更如天中
尽管还有风雨
尽管还有雾重
但阳光能穿透一切阴霾
凝聚能征服邪魔狂风
只要
同心同德同奋斗
只要
科学发展路线正

XINSHENG 心声兰韵
LANYUN

家乡的小路

羊肠小道
弯弯曲曲
坎坎坷坷
风风雨雨
从这里踉跄学步
多少次跌倒爬起
从这里走向征途
摔碎了多少汗珠
从这里
游弋多少梦幻
挥手想赶走乌云
从这里
编织心中彩虹
总想把春风留住
从这里
喜悦一筐飞天外
从这里
捡到了勤劳 诚实
节俭 敬老 勤奋 质朴
……
几千年遗留的财富
就是这家乡的小路
风雨中
小路通向关爱
雪夜里
小路通向亲人的安抚
春风里
花瓣撒向小路
为孩子送去成长
秋云下
大地披金戴银
小路上洒下长辈

富足的脚步
小路上
镌刻风雨人生的沉浮
小路上
记录着浮情沉语
云密雨疏

羊肠小道
是希望的路
是亲情的路
是成长路
是幸福路
如今　天老人非
小路依旧几直几弧
但　印痕更深
少见尘土
只是平添了几缕皱纹
和岁月沧桑
增加了几分回忆和祝福
虽然　旁边大路通途
却依旧有人在这里
迈着匆匆脚步
因为　岁月星空
没有埋湮小路的脊骨
因为　尘风浓雾
小路上不会迷途
它在诉说历史
它在回眸征途

走在小路
感到踏实满足
走在小路
仿佛感到浓烈的
田野祝福

家乡村头老枣树

啊　家乡
村头老枣树
我又见到了你
你依然迎风巍然
你依然雨中挺立
你一身苍劲
满目历史
经历风扬尘落
见证小村希冀
又见到了
你的身影
又体验到了
你的骨气
摸一下
热泪蒙眼
抱一下
身心如依
你编织儿时梦幻
填充童年腹饥
搀扶幼小脚步
抚平执拗脾气

干枯的枝条
鞭策我长大
瘦弱的叶子
使我懂得了坚强的含义

风中摇曳的小枣
体会到什么是收获
花瓣繁点
明白了春风的至理
你看着我长大
歪歪扭扭经历风雨
我拥抱着你的身躯
常褪老茧换新姿
你笑着我的乐
田野追风三千里
你连着我的梦
枣花飞舞浮云疾
你见证沧桑风雨
你连接丰硕大地

你是老者
有时仰须感叹
你是轻云
对一切都是那么淡怡
无知时
我向你挥过拳
委曲时
我曾抱你泪滴
风雨中
我曾偎在你脚下
雪飞舞
我曾蜷缩在你宽大怀抱里
如今
你虽然满脸皱纹
但仍然枝繁叶茂
根已深深扎在大地

我也长大
尽管还有好多无知

呵　老枣树
我的老乡
你的宽厚
无私　坚毅
牢牢记在我的心上
你的豁达
朴实　平和
正是风骨豪气
心里默默祝福
老枣树
风雨万里
老枣树
常绿天地

街 头 偶 得

在街上捡了一句话：
"莫等闲，
白了少年头。"
认为有价值
把它装进了兜
回来翻出来仔细审视
原来是本人
多少年前所丢

为什么不经心
让它丢得这么久
因为缺少了它
所以始终感到
这么苍白
这么空虚

于是
擦拭　磨修
如获至宝放在心头

于是
期盼
日行八万转速缓
利剑抽水江断流

于是

脚步匆匆从头跃
拽住阳光不放手

于是
天阔了
路宽了
激情飞扬
耕耘不休

于是
志踌躇
豪情奔向溢彩的金秋

解读父亲

脚踏着山梁的贫瘠
硬挺着微驼的伤腰
肩挑着艰难岁月
跋涉着世间风雨

勤劳是你的秉性
节俭是你的品行
助人是你的光荣
无私是你的胸襟
开怀大笑时是筐里装满了丰收
紧缩额头时是灾害横行了田域
汗珠摔下时你认为定能化珍珠
镐头刨深时你认为定能见金玉
所以
黎明中汗流浃背送星月
晚霞里直背捶腰迎星宇

当斗笠蓑衣抵挡着狂风暴雨
你在田野里正呵护着小苗
当太阳中暑的时候
你在山坡上挥汗如雨
说太阳能使杂草尽快送命
庄稼哼起了小曲
苦累就飞进了九天云聚
当皑皑白雪冰封大地
你身后的深深脚印
印证着迎接太阳的汗滴

你在挣扎着寻找
金穗银穗丰满的根基
当金秋报来丰收喜报
你总是喃喃的赞语
穗子应该弯得更低
当灾害之神横扫憧憬的希冀
你长跪在神灵之前
虔诚祈吁
泪水伴着双膝的疼剧
无怨无悔
却深深地叹息
………

经　历

像一本厚厚的书
尘封在心房
打开　是千丝阳光
合上　是一纸风霜
读它　苦甜酸辣
忆它　回味悠长

像流水中的一片叶子
随着时光流淌
激流险滩时
起伏跌宕
漩涡迂回时
随浪花翻转彷徨
但也有偶然
那是机遇在招手
也有你的浑身明朗

它是一串年轮
是累积的沧桑
在肥沃中
它延伸发扬
在贫瘠时
它拉开了情感的椟窗
在风调雨顺时
它变得模糊又匆忙
在逆境中

真理给了无穷的力量

像小路　弯弯曲曲
像浮云　飘飘荡荡
像一首委婉的小曲
轻轻流淌

七月遐想

七月似火
流火七月
七月是动情的诗
七月是流淌的歌
七月是火红的旗
七月是岁月的河

我可爱的祖国
历史曾见证过
贫穷　败落
动荡　分隔
民众在苦难中挣扎
山河在呻吟中衰落
军阀混战硝烟滚
群狼逐羊任宰割
东亚病夫是你的代称
铁蹄声中的狞笑是侵略者的快乐
屈辱是你不尽的恨
泪水是流淌在大地上的血
三座大山压得民族窒息

四方贼寇搅得山河碎破
多少人长叹
多少人悲愕
多少人在苦斗
多少人在探索
沉默总会爆发

爆发是沉默的火

看　那些历史之巅的巨人
峰高不畏险
奋力在攀越
湍急何其难
悉心求探索
十月革命的惊雷
横空中滚滚掠过
马列主义的火炬
点燃了熊熊烈火
镰刀在七月的烈火中锤炼
斧头在七月的火焰中淬火
嘉兴微弱的灯光
照亮了东方天阔
南湖潮湿的风
吹开了前进路上迷茫的轮廓
伟人挥动巨手拨动了时空的速度
东方神州展现着动人景色

呵　镰刀斧头
你的辉煌显赫
使人民有了靠山
使华夏有了魂魄
你站在历史之颠
肩负着神圣使命
高举旗帜向着理想高歌
航船在波涛中乘风破浪
大地在镰刀斧头指引下
波澜壮阔
浓笔重彩绘新图

万众一心龙门跃
旗帜下脚跟如磐石
风浪中心贴心手紧紧握
天翻地覆慨而慷
莺歌燕舞奏凯歌

七月　流火的七月
如果没有七月
天空中仍然是一片阴霾
如果迟来了七月
杂乱的脚步仍在黑暗中探索
是真理送来了七月
是历史选择了七月
是人民造就了七月
是巨人拨动了七月
呵
这如火的七月
光辉的七月
在镰刀斧头指引下
我们走过曲折而光辉的历程
在七月流火中
我们印证了镰刀斧头的法则
共和国在七月中升腾
人民在七月中放歌
七月的辉煌更灿烂
七月的天空更壮阔

虽然我们面前还有艰难险恶
有了镰刀斧头
我们已无所畏惧
虽然还有狂风暴雨

有了镰刀斧头
那只是酣畅淋漓的快乐
发展　壮大
开拓　跨越
永远跟着镰刀斧头走
长久沐浴在七月的圣火

壮美的七月
火红的七月
我们赞美七月
七月是我们诚挚的爱
我们歌唱七月
七月是我们永远的歌

请休息一下吧 辛勤的园丁
——献给第二十个教师节

二十年
在历史的长河中是一瞬间
可二十年
在教师这个神圣的职业里
是多么长路漫漫
但又是这么短暂
二十年风雨
送走多少个疲惫之梦
二十年辛劳
使多少棵嫩芽成长为柱木参天
二十年粉笔饱蘸浓情
把多少浓黑秀发染成灰白斑斑
二十年青春之躯
如今
却衣带渐宽步履蹒跚
二十年汗水
足以成小溪流淌
但它已化为甘露
滋润着祖国大地的山峦
刚脱掉稚气走进教室的小伙子
如今平添了
几缕白发　　多了几道凌乱
但在搏击风雨中成为强手中坚
如花的少女带着灿烂的梦飞进校园
教杆一挥就是二十个暑寒

知道了人梯的滋味
更体验了神圣职业的坎坷风雨和
云霞满天

有人说你们是红烛
有人说你们是春蚕
有人说你们是火炬
有人说你们是闪电
对　都对　他们说的全对
一点也不过分
一点也不颇偏
但是
我认为他们是巍峨的高山
因为有了他们
才使多少孩子有了依恋
才使祖国的未来登上知识的山巅
有了山才知山之雄
有了山才知山之险
有了山我们离天更近
有了山才知道峰顶的风光无限
一切为了将来我们民族的强大
一切为了五星红旗的尊严

在暴风雨当中
在湍流激荡的河边
在家长期盼的眼神里
在崇山峻岭之间
在黄昏的牛背旁
在病房孩子们的吊瓶前
…………

到处都有您热切的目光

鼓励的话语
和激情的点燃
呵护一棵棵幼苗茁壮成长为
祖国栋梁
帮助一部分弱势小苗
沐浴在春天

二十年了
当年的小树已成为参天巨木
当年的火花已成为激情燃烧的火焰
当年的陋室已变成楼房巍峨摩天
当年的花朵已化为彩霞尽染
骄傲吧　人民教师
自豪吧　辛勤的园丁
你们的希冀已化成锦绣如画
万木笼葱　春色满园

尽管　经过二十年
你们有的即将退休
有的事业正如日中天
但火炬需要一代一代往下传
忘不了你们的满天霞光
忘不了你们的无私奉献
忘不了你们的缕缕白发
忘不了你们的疲惫腰酸
在你们辛劳下
祖国正蒸蒸勃发
正是你们托起了祖国辉煌的明天

今天　丹桂飘香

今天　金秋灿烂
今天　是你光辉的节日
今天　云是那么白　　天是那么蓝

请休息一下吧　　敬爱的老师
忙碌了二十年
辛劳了二十年
请别打扰他们
请给他们一个静谧的时间
请别惊动他们
让他们享受一下梦的温馨蜜甜
尽管鲜花摇曳
尽管礼花飞溅
尽管掌声雷动
尽管歌声满天
……

日 子

日子是钟表指针悠然的步伐
日子是太阳每天清新的脸颊
日子是每天翻动的挂历
日子是地球自转公转的穿插

日子是成功者快乐的潇洒
日子是失败者反思的复察
日子放大着永生者的身躯
日子熨整着匆匆过客外衣的邋遢

日子是一把锋利的匕首
把脸上的稚嫩雕刻成
坚毅　刚强　正义　无私
日子是一把破钝的剪刀
把天真烂漫诚实纯洁的心
剪割成邪恶　丑陋　贪婪　狡黠

日子是灯红酒绿者的悲叹
总是抱怨走得太慢太拖拉
日子是勤奋者忠实的朋友
总想拽住忙碌的脚步
和其一起同达
日子是探索者的白发
不尽的遗憾是
未知的东西太多太杂…

日子是农民手中的犁
耕耘着希望和收获

日子是工人身边的钢花
喷发着汗水浇铸着天霞

日子是巍巍丰碑
镌刻着风雨和人民的怀念与牵挂
日子是耻辱柱
记载着愚昧　落后　耻辱
日子是一支五彩的笔
涂抹着生机勃勃的大地
日子是节日夜空的焰火
张扬着色彩　绽放着希望的光华

日子是山涧溪边绽开的小花
默默无闻信然开放不畏寒霜风沙
日子是玻璃器皿
一不小心容易碎破
日子又是铜墙铁壁
打不烂　攉不垮
日子是丰盛的蛋糕
看你怎么切割　怎样品咂

日子是孩子踉跄脚步下的成长
日子是母亲看到儿女们幸福地长大
日子是孩子远离时
母亲边打行李边对泪水的抹擦
因为母亲的心和儿女一起走到天涯

日子每天都是新的
新的每一天都是日子的天下
日子是一首无言的诗
日子是一支悠长的歌
一幅优美的画

山里人真厉害

（打油诗）

山里人真厉害，
站如铁塔顶云彩，
嗓门粗犷如洪钟，
小河小沟脚下踩。

山里人真厉害，
龙尾虎尾也敢甩，
螺丝刀当剔牙棒，
千难万险不言败。

山里人真厉害，
如碗酒杯一溜摆，
自饮三杯再敬客，
热情豪爽又实在。

山里人真厉害，
煎饼大葱卷起来，
一口下去咬半截，
三头大蒜当咸菜。

山里人真厉害，
丁丁卯卯不耍赖，
吐口唾沫砸个窝，
一言九鼎诚信在。

山里人真厉害，
电脑手机随身带，
呼风唤雨靠科技，
因特网上做买卖。

山里人真厉害，
既敢恨来又敢爱，
铁骨铮铮浩然气，
邪魔鬼祟一脚踹。

山里人真厉害，
信念不移志不衰，
永远跟着太阳走，
追星赶月大步迈。

十 月 随 想

十月的礼炮
响彻了五十四个春秋
义勇军进行曲的旋律
仍激荡在十亿儿女的心头
十月的旗帜
波澜壮阔仍似火
可爱的祖国
又到了这金色灿烂的时候

漫漫艰辛路
走出了新中国开国巨人
大刀长矛
赶走了穷凶极恶的敌寇
长城上的熊熊烽火
铸就了铜墙铁壁
马列主义像灯塔
引领着巨轮破浪昂首
啊　祖国
您是山巅
刚强巍峨　无坚不摧
您是海洋
博大豪放　汹涌不休
看中华大地
历经风雨分外娇
战胜险阻竞风流
滔滔黄河长江
诉不完对您的敬仰

XINSHENG 心声兰韵
LANYUN

197

巍巍丰碑如泰山
永远镶嵌在儿女们的心头

看今朝
我伟大的祖国啊
风卷红旗展雄略
大江南北披锦绣
十亿儿女心向党
追星赶月精神抖
世界之林刚强立
大鹏展翅翱五洲
时代音符最强劲
胜利凯歌同心奏
展鸿图
万众一心强中华
众志成城
托起祖国壮丽的金秋

月亮 我心中的家

还没等太阳回家
你就迈着匆匆脚步
把无限的乡恋
撒在人们心头
还没等人们
从疲惫的步履中回首
你就轻妆淡描
把洁白的纱巾
缠绵在人们的肩头
望着你
就有了家的思念
伴着你的倩影
就感到了亲人的牵手

你总是那样圣洁
你总是那样恪守
你总是那样无私
你总是那样无语
你的亲人在哪里
你为什么毫无所求
……
我相信你有家
你的兄长是太阳
你的弟妹是星斗
你的父母是远古的宇宙
但是你为了天下人的忧愁
为了天下人家中的温柔

你就把天下人的家
永远挂在心头
有了你的身影
人们就有了家的眷恋
望着你的面孔
就有了家的思绪
家的感受
你的家在四海天际
我的家在皎洁的月光里
在你的心头……

雨 夜 下

黝黑的夜空
无边的天际
不时有闷雷从远方掠起
闪电甩着长长的身躯
迭印着城市的轮廓
闷热的空间
把一切都浇铸得激情四溢
一阵清风
把雨滴从天上撒下
不慌不忙　悄无声息
撒播在大地
很快　大地上汇积着小水洼
闪电一眨眼
雨滴在水汪中荡起层层的涟漪
树叶在雨的拂拭下
把一张张湿漉漉的脸
擦洗得娇嫩无比
然后又沙沙地唱着欢快的小曲

雨中　展开伞的激情
漫步在小道
多么放纵　多么惬意
四周静悄悄
只有心绪在飞
听　雨声像在吟诵那激情诗句
树叶婆娑在安拂着起伏的心扉

静静的　有时光陪伴
轻轻的　有微风相随
没有烦恼　没有孤独
没有纷争　没有劳累
只有心在广阔的宇宙中放飞
跨越五洲　穿越亘古
随心所欲　漫无边际
能和先哲对话
能和诗仙论句
能上苍穹遨游
能到万水千山中陶醉
这是一种纯洁的心情
这是一片恬静的天地
这是一片自己的净土
这是起落思绪的跑道阶梯

美在雨中的夜空
美在夜空中的孤独
因为
它只属于你自己

·散文集·

SANMEIJI

San Wen

残 雪 吟

◆

当飞雪悄悄地飘落下来的时候，心里总是涌动着一种欣慰和久久的企盼。一年中对雪花思念的情感总算随着雪花的降临而释然了。是啊，雪是冬天苍穹中盛开的琼花，是寒风送来的玉兰片片和白梅香瓣的繁繁点点，是天外飘向大地的圣洁丹心。它晶莹剔透，俏丽多姿，飘飘洒洒，落满山川和城乡，使茫茫原野素裹银装，给浮躁的心灵带来了玉洁清风般的沉稳和佛语低诵般的若定。它与寒风相伴，与冰凌相偎，为巍峨的山峰涂抹了几分壮丽，为冷峻助长了几分威严，为苍劲的树木挂上了洁白的哈达，平添了几分庄严和神圣。

但雪给人们带来的惊喜往往是短暂的。当淡日晴空，虽然风低雪肥，但洁白的雪便开始静静地消融，绒绒的身躯渐渐地紧缩，柔柔绵绵的盛装正变得坚硬而有棱角。每当顿足经过它的身旁时，看见洁白的

脸庞滴着殷殷的泪珠，心中便产生了几丝淡淡的惆怅和惋惜。你从遥远的地方来到这里，几经沉浮，历经颠簸，在寒冷和暖流的交汇碰撞中孕育，在黑夜与光明的交替中成长，在风和湿的爱抚下梳妆，而当怀着一颗水晶般的心来到这个展示风采的世界上的时候，为什么迎接你的不是鲜花和掌声，而是清冷的天宇和无声无息的消失呢？此时，同情之心便油然而生。就在心中扯着长长的情思在嘘唏声中感叹着皑皑白雪的命运时，我们却惊喜地发现，当淡淡的太阳缓缓地坠入西山后，雪就止住了消融的步伐，在寒风的携手下，把绵绵的身段锻造成铮铮风骨，把万般柔情化作玉片嶙嶙。你看，在山峦背侧，在沟壑之颠，在坝堰之下，在树林之阴，凡是能存在的地方，都有残雪的俏丽身影，这是大自然对冬之精灵的一丝真诚的留恋和对其生命的延续，是严寒

赐予大地的一幅优美的风景画。极目远望，在大自然的陪伴下，残雪高洁而不染，清新而不俗，雍荣而不华贵，刚健而不造作，是一种玲珑的俏，风骨的情，自然的韵，残缺凝重的美。残雪就像白云托起的素装女神，给人间带来平和的神态和朴实无华的灵气。在天地间，山峰残雪相映，雄劲高洁；大地残雪如画，月静风清；村庄房顶玉片相罩，犹如桃源仙境；一种"碧空万里悠，清风荡寒远"的感觉便油然而生，从心底里萌生出一种超凡脱俗的意境和"情入残雪三千载，横贯梨花压千尺"的情怀。

残雪有坚强的风骨和坚韧不拔的精神。在苍茫大地之间，只要尚有方寸之地，残雪就顽强地展现着风韵，不计较条件，不刻意环境，没有任何奢求。高山之巅可以伴云而卧，苍茫大地可以偎高而眠，土丘山岗可以相傍而语，河冻冰封可以披装为裘，万顷原野可以根廓呵护。没有抱怨，没有叹息，只把白玉般的躯体镶嵌在莽莽原野、冷峻山川，给原野山川带来了心灵的呵护和真情的祝福。当狂风袭来时，残雪奋不顾身，勇当护卫；当月朗清悠时，残雪又依语相呓，给大自然送去多少安慰。它始终和大地的坦荡在一起，始终和严寒的雄浑苍劲相凝结。这是一种什么样的精神境界和情怀呢？相比暴雨的骄横，更显得残雪的高尚风范。你看，当暴雨即将来到之时，呼啸狂风为其开道，轰鸣雷声为其呐喊，烁烁闪电为其耀威。有时，人们望着干涸的大地，焦急的目光里盼来的仅是点点雨滴，乌云却携着狂风的嘲笑漠然置之而去；而当暴雨倾盆时，又肆意张扬横溢，淹河浸江，毫无文雅之气和自我约束之感。而残雪绝没有这样的霸气和性格，它拥有的是顽强的生命力和含蓄的外表。这不正是在倡导一种精神，一种境界吗？这不就是人们所执意追求的一种风范吗？

残雪有一种甘愿奉献、甘当后盾、不思回报的精神。凡是残雪能生存的地方，它都把坚硬、洁白的身躯紧紧依偎，支撑在脚下，给它的主人助威，哪怕是一点力量，也感到非常欣慰。荡荡苍穹，堆峰入云，残雪如壁，豪气贯涌，任凭风狂地摇，又怎能撼动如此刚烈的气势呢？观那树木，残

散文集 SANWENJI

雪依根而偎，凭你狂风三千丈，怎动合力一片心；虽说高处不胜寒，但有残雪相映，冬月也增添了几分温馨、俏丽和可人。

残雪的无私奉献，还在于对帮助过它，并给予延长它生命的大自然的一种真诚的回报和无比的眷恋。当春天的脚步缓缓走来，当残雪预感到即将完成它生命价值的时候，它便悄无声息地离开为它展示生命图画的大地、山峦、沟壑，含笑九天外，回眸无愧心。但它不会悄然而走，瞬时而飞，而

要留下水灵灵的情，湿润润的心。你看，万山之下的雪水奔腾；那麦苗垄间、果园畦旁的一腔热泪，河岸柳旁的涓涓细流，残雪给即将到来的春光披上了淡淡嫩黄的新装，为春雨兴奋的舞姿拉开了舞台的序幕。"薄霜澄月夜，残雪迎春风"是古人对残雪的殷殷期盼和由衷的赞叹，也是对残雪风骨和境界由衷的赞赏。当残雪飘然而去，只留下从容的脚步和湿润的千般情愫时，生机勃勃、万紫千红的春天还会远吗？

我的煎饼情结

◆

我钟情于沂蒙山区特有食品——煎饼。它是我童年的梦幻，我的向往，我的生命！

我生长在山区农村，是吃地瓜干煎饼长大的。它伴随着痛苦和欢乐，交织着泪痕和汗水，依恋着浓浓的乡情和亲情，而这种情结是镌刻在心中深深的印痕，永远也抹不掉。当我朦朦胧胧刚记事的时候，母亲向我嘴里塞的第一口硬饭是几片煎饼渣，当我费力地吞下去时，母亲脸上露出了幸福的微笑。听的第一个故事也是母亲讲的煎饼的故事。大意是东海龙王的三女儿犯了戒规，被罚到龟蒙顶去看护神草仙药。时逢大旱，赤地千里，瘟疫肆虐。她不忍心百姓受苦，求父相助，父不受，于是她私采神草仙药，研沫成浆，在龟蒙顶上晒成数张薄饼（即现在的煎饼），发放百姓食用，瘟疫被除。后又历尽艰险盗得定海神珠，行云播雨，救百姓于水火。此举感动玉帝，降旨龙王，

三龙女免罪加功。至此，龟蒙顶附近还有龙女庙，且香火旺盛，而供品中从不缺煎饼。所以，当看到、吃到煎饼时，这美丽的传说，使我对正义和神圣的感悟随着个人阅历的丰富而逐步增强，这张张薄薄的煎饼，是精神，是生命，是伟大而无私的爱！

在我幼小的记忆里，吃的最香的一次饭是当地名吃——溻煎饼。记得是刚收完麦子季节，母亲把小麦掺上地瓜干面，烙了一次据大人讲很长时间没吃过的最好的煎饼。她先把鏊子上的煎饼放上葱花和韭菜，把一个鸡蛋打碎，然后拌匀，放上一点油盐，当快熟的时候，再把一个煎饼盖在上面，然后折叠成长方形，翻动加温，熟透后用刀在鏊子上切成几块。望着黄澄澄的煎饼，闻着带有热气的香味，还不等母亲拿过来，我便迫不及待地从鏊子上抢上一块，狼吞虎咽地吃起来，吃完后，还用力咽

了咽口水，生怕它从肚子里飞走。那味道，香沁肺腑，那感觉，忘却一切，感到世界上再也没有比煎饼更好吃的东西了。当时想，要是能永远有这样的煎饼吃，那该多么幸福啊！

三年灾害困难时期，我刚刚六、七岁的样子，虽然别的事情记忆不深刻，但有关煎饼的记忆却是刻骨铭心。当时由于天灾人祸，老百姓生活极度困难，吃茅草根、炒熟的地瓜秧面，喝榆树皮粥，在那个时候多么盼望吃上一次煎饼啊。有一天，当我眼泪汪汪地用乞求的目光望着母亲时，母亲擦了擦眼泪说："把准备到最难的时候用的几斤地瓜干拿出来烙一次煎饼吃吧"。于是她用瓢子盛了点瓜干到石磨上磨成面，掺了地瓜秧面烙了十几张煎饼。当全家围在一起，互相谦让着吃完最后一个后，那真比吃年饭还香十倍百倍。当我手捧煎饼时，我仿佛看到三龙女正把张张煎饼化作金色的云朵，她带上受苦的百姓，飞往能吃上煎饼的幸福的彼岸；也仿佛看到张张煎饼，变成银色的月亮、金色的太阳，给人们带来幸福和吉祥。到了晚上，

我就跑到村头上的小土堆上，遥望蓝天，翘盼白云，盼望三龙女能到村里来。每当这时，母亲总是安慰说，小龙女正忙着烙煎饼呢，明后天一定来。

上高小是在距我村八华里的邻村，每天往返十六七华里，午饭自带。早饭后母亲第一件事就是把卷了咸菜的地瓜干煎饼用手巾包好放在书包里，中午在学校里花一分钱买一茶缸开水，吃得又香又甜，连一点碎渣也不剩。有时父母也让拿别的饭，但我总是固执地拿煎饼，因为我始终认为煎饼是最好吃的。就是考初中时，也是母亲给包了两个煎饼作午饭，只是卷的不是咸菜，而是两个鸡蛋。

六年的中学生涯，地瓜干煎饼更是与我相依为伴。当时住校，星期天下午返校时必须按天定量数好煎饼个数，拿足六天的煎饼。春天风大，气候干燥，煎饼易干，吃饭时大家就从伙房买来一桶水，有的喝着白开水，像饼干一样干着吃，有的用碗泡着吃，同学之间不分你我，互相品尝着从自家带来的咸菜等，确也其乐融融。夏秋天气热，煎饼极易发霉，有的外边看不出来，取开

里边一看，已是红毛绿毛五彩缤纷。于是同学们就用绳子拴在两树中间，把煎饼挂在上边，风一吹摇摇摆摆，成为一道特殊的的风景线，晾开后，拍打拍打，然后继续又香又甜地吃起来。可能那个时候人们的抵抗力特别强，竟没有一个食物中毒或有肠胃不适和得这病那病的。

星期天回家带煎饼，一般都是姐姐烧火，母亲烙煎饼，有时家里农活多忙不过来，我就自告奋勇烧火，这时，母亲就指导我烧鏊子的技巧。由于认真学习，烧火水平提高很快，烙出来的煎饼熟得既快又匀。看到张张又薄又匀的煎饼，从母亲灵巧的手上飞出，甭提心里有多高兴了。每当这时，母亲就说："有文化的人，干什么都学得快，俺可惜没有文化。"我就用火棍在地上写几个简单的字教母亲，她起初还挺认真，但过了一段时间后，母亲说："年龄大了，记不住了，你们学好就行了。"每当看到母亲渐渐苍老的脸庞和那疲惫的神态，我心里就充满了无以言状的酸楚。我想，母亲为我们付出的太多了，我用什么来报答母亲呢？她虽然没有文化，没有豪言壮语，但她是世界上最伟大的母亲。我长大了一定烙天下最好的煎饼来孝敬天下所有的母亲！

日月如梭，时光如水，参加工作后，第一次领了30斤粮票，我把粮票全部买了面粉，拿回家让母亲掺了点玉米面，我烧火，母亲烙。她可能是第一次烙这么好的煎饼，手微微有些发颤，我把刚刚烙好的煎饼卷好，送到父母手里。看见他们眼里充满着泪花，吃得那么香甜，我的心里那种补偿父母恩情的情结，才算稍微得以释放。我想，这也是我最朴实的一种煎饼情结和今生今世最大的愿望吧。就这样，我经常把细粮带回家，再从家里把煎饼带到单位去，有二毛钱的大锅菜，吃起来甭提有多香了。

现在人们的生活好了，但是山区农家仍然把煎饼作为主食，因为它食用方便、耐放、工艺简单。每到冬闲，大娘、大嫂和姑娘们便专门抽出几天来加工煎饼。她们有的在个人家里烙，有的三、五家五、六盘鏊子集中在一个院里，此时欢声笑语一片，山区小调轻吟，没有了疲劳，忘却了一切。这里成了人们聚集的地方，也成了加深友谊、感情，消除邻里隔阂的殿堂。有的烙一天、半天，有的甚至烙两天、三天；有的烙几十斤，上百斤，甚至二百多斤，摞起来足够几米高，然后用包袱布蒙起来，或者亲朋好友互相赠送，或者是自己食用。吃的时候，用温开水一洒，卷上菜或大葱，吃起来又香又甜。而且长时间味道不变，有的冬天烙的煎饼，能吃到第二年夏季甚至更长时间。当然现在煎饼原料也发生了根本的变化，有麦子面的、玉米面的，有掺芝麻、花生、荞麦的等，五花八门，味道各异，数不胜数。从工艺讲，有干的，有软的，有脆的，有甜的，各具特色。它作为沂蒙山区的象征，展示着朴实无华的风采在沂蒙大地生根开

花，有的作为礼品飞向四面八方甚至海外，成为联结人们友谊的桥梁和纽带。我坚信，煎饼作为地方特色食品，它将永远伴随着这块土地、这方人民，并且会随着时代的发展大放异彩。

现在有时家里来人捎点煎饼，或出差路过顺便买点煎饼，几乎每天都吃。家人说，现在可口的饭这么多，少吃点煎饼吧，我说："早已经和煎饼结下了深厚的感情，又怎能割舍得掉呢？"

这就是我的煎饼情结。它，越久越浓烈，越久越醇香，越久越厚重。我仿佛看见了这浓浓的情结化作了巍峨的蒙山，滔滔的沂水，绵延高大，源远流长……

夏日游蒙山九寨

◆

七月中旬的周末，有友相邀，到蒙山九寨村一游，久慕山区夏日情趣，欣然前往。

七月的天，火热的情。亦像小孩的脸，瞬间多变，昨夜倾盆大雨，今晨刚刚放晴，空气潮湿而灼热，路边墙堰下雨水横流，把一些秧蔓冲得仰合翻飞。不知什么时候，飘来几朵镶着白边的乌云，匆匆忙忙落下一阵豆大的雨滴，隔车远往，雨雾茫茫。车在水帘中穿行，雨滴打在玻璃上，啪啪作响，刮雨器慌忙摇摆着，清理着浓浓的雨水。我们就埋怨老天爷不懂人情世故，不体谅人等等。但过了二十分钟后，雨就停了，太阳不知从哪里露出了它的脸颊，我们则又兴奋地表扬老天爷的可人意、知人心。但不一会，又有大块的铅色云飘过来，遮盖了半个天空。然后，下起了似雨似雾的小雨。不知何时太阳挣脱了乌云的束缚，从云朵里钻出来半张脸，千万缕光线从云朵里射出，把正下着的雨雾映照着，满天像洒满了珍珠，车在七彩中穿行，平添了几分诗情画意。一会儿一阵清风吹来，惊得云朵无影无踪。此时，碧空如洗，烈日灼灼。车在平坦公路上疾驰后，向崎岖的山间小路奔去。车入山间，开窗远望，顿时一股清凉的山风送了过来，直沁心脾。心弦不禁被这美丽的风光所拨动。我们边贪婪地呼吸着这大自然的无偿馈赠，边观赏着山区夏日的景色。举目远眺，梯田层层，满目葱绿。山在飞，水在流，燕在舞，树在行。约半小时后，有急弯陡坡，路旁有一牌竖立：前约五华里——九寨村。汽车鼓足了劲，低吼了几声，在颠簸中冲上了上山的羊肠小道。一会儿，同事兴奋地说：“快看，九寨村到了！”大家极目望去，在三山环抱的半山腰中，一片红瓦白墙建筑与周围十几户人家相偎，在轻雾缭绕中时隐时现地飘动着几十个大红灯笼，绿色环绕，群木相间，瀑声时有耳闻，整个村落像挂在半山腰中的一幅水彩图画，真有点若幻若仙的意境。于是干脆下了车，步行向村内奔去。

登上了离村不远的山路，顿足瞭望。壮哉沂蒙，群山苍茫，巍峨壮观。数座峰峦有的高大挺拔，峰峻势险，突兀铁魂，雄踞大地；有的如卧巨龙，盘蜒百里，浑厚凝重，豪气千秋。宛若万里长城移齐鲁，五岳雄风飞鲁南。而淡淡的雾霭给群山挂上了轻轻白纱，渺渺云层给诸峰披上了薄薄的淡装，更显得壮丽与雄劲。远看黛色浸群峦，隐约如画卷；近观浓绿抹重彩，株壮叶肥。犹如身临碧海绿浪之中。牛在悠闲地甩尾，人在田中劳作，一幅淡雅的水墨图跃然眼前。坐落在群山之中的石岚水库，万顷碧波，银光粼粼，大坝犹如一条巨龙，东西横贯在两山之间。水库内泛舟轻轻，网抛鱼跃，水面微风一吹，层层碧浪。"一座座青山紧相连，一串串歌声绕山间……"，这优美的旋律在耳边回荡；"江山如此多娇，引无数英雄竞折腰"，这壮丽的诗篇激发多少爱国情怀。这山这水，实在是太美、太富有灵气了。联想革命战争年代，无数革命先烈为了保卫这壮丽的景色，付出了多少鲜血和生命，这青山不仅是山的概念，这碧水也不仅仅是水的含义，他们是正义的象征，是英雄的象征，是威武不屈的象征，是沂蒙精神的象征。

刚在思绪中回过神来，路旁边的景色又吸引了我们，走在半峰云中，山下一侧黑黝黝的土地里是散发着浓郁香气的谷子，高大挺拔的谷枝上叶子油光闪亮，谷穗饱满硕大，在热烈滚烫的空气中弯弯地低垂着，像害羞的少女把头深深地藏在叶丛中。伸手拿一个出来，谷粒大而饱满，层层密密，透着股股清香。微风轻拂，叶子沙沙作响，像低吟着丰收的歌谣。向下延伸的层层梯田，绿波荡漾，犹如用碧绿彩笔浓抹重泼，一派生机盎然，到处洋溢着青春和富足的气息。顺势而上观看，座座堰坝掩映着片片山楂树，棵棵粗壮，挺拔刚劲，有的像篷伞高耸，一团锦绿；有的像虬龙探海，跃跃欲试；有的活泼精干，青春靓丽；有的峭峰指空，一派生机，满树的叶子迎风摇曳，清新可人，每一棵树都是一个独立的放大的盆景。枝头的山楂刚刚谢去花蕾，鲜嫩娇艳，圆圆的，嫩嫩的，一团团，一簇簇。一串串青果，就像一串串碧玉珠玑，不时有几只调皮的黄蜂偷偷飞到山楂果上，亲上几口，有的停在果实上，怎么赶也赶不走。我们由衷地赞叹：蜂群可人意，情留香丛中。坝堰边，路两旁，不知名的野花颜色各异，娇艳无比。有的迎风摇曳，有的昂首怒放，有的火红如火焰，有的紫兰如蝶飞。我们真正感受到了山中美景的清新和奇异了。

走了约十分钟的样子，还没有从陶醉中回过神来，哗哗的流水声又把我们的思绪拽了过来。远远望去，一股瀑布从山上飞流直下，水帘宽达十米，直泄百尺山崖，形成了一道银白色的长幕。瀑布跌落在巨大光滑的石板上，发出清脆的响声，犹如合奏的交响乐。然后水流跌宕起伏，一路欢歌，穿过乱石，经过浅滩，向下飞奔而去，把嘹亮的歌声传向远方。我们跨越由几块偌大石墩组成的渡桥，向寨中奔去。

九寨村是山中九个村寨中的一个。过去深山路险，除了农家，外人来的很少，近两年客商看好了这个地方，在依山傍水靠林偎树之处，建了旅游设施，这才吸引了城里人外地人来此，野中寻幽，抒发对大自然拙朴之感慨，也为当地老百姓增加了收入。过去野菜果蔬自劳自食，卖也卖不上好价，现在游人一多，带动了一方经济，有时还供不应求呢！真是天地变了，世道变了。要不，再好的景点无人开发，又有谁知道她的芳容呢！

到了九寨村中心，依山错落的是一条弯曲的街道，两边有几排客房，价格低廉。靠山脚下是几排餐厅，也是简朴幽静。一开窗，清新略带潮湿的山风就能够吹进来，清爽无比。听村民讲：浏览可因人而异。可以登山，可以欣赏瀑布，可以在潺潺的流水中顺势而上寻幽探径等等。反正到了此地，除了用餐，任何运动项目都是免费的。你可以放松身心，自寻乐趣。置身于大自然的怀抱中，尽情地无拘无束地运动。除了在房间的餐厅外，商家还在栗树林中安置了石桌石凳，然后搭个简易草棚，任天雨纷纷，热辣辣，坐在里边用餐，犹如世外桃源，而且清风习习，心旷神怡，真有一种返璞归真之感。我们立足在空旷的树荫下，环视四周，大家被这里优美的夏季风光和独特的地理位置所吸引。仰首眺望，先映入眼帘的是南西北三山争雄，三峰巍峨雄伟，层峦叠嶂，巨石嶙峋，直插云天，白云在峰顶悠荡，峰顶棵棵苍松虎踞龙盘，呈现出一股浩然正气。偶尔有雄鹰盘旋掠过，也是静若云，动若风。山上轻雾渺渺，似云非云，似雾非雾，太阳洒处，呈现出若幻若仙的景象。山上长满几十年的松树林，轻风一吹，松涛轻吼，一股浩荡风松的气势顺山贯涌，这里虽不是名山大川，但也有仙风缭绕之感。山腰以下遍地是粗大的栗树，棵棵雄劲青翠，叶茂根深，板栗树果实累累，栗花香气袭人，三五里外都能闻到。走到树下，树荫如伞，不见阳光，只觉凉风吹来，低吟轻唱，清爽无比。再看那山上巨石林立，有的大如房屋，有的小如牛象，神态各异，情趣横生，又都像威武的将士，傲立在山中，构成一曲浑厚凝重的交响曲，又像是远古将士在排兵布阵，带着厮杀的硝烟风尘在诉说着，依偎在树旁小憩着，随时准备奔赴新的战场。

该山属沙石山，土质肥沃，加上常年腐植质铺地，松软而肥沃，给各种树木带来了充足的营养。我们怀着兴奋的心情沿栗树向南山上攀登，吸一口气，清新无比，带有浓郁的绿叶气息和淡淡的清香，不愧为天然氧吧之美誉。越往上走，草肥花盛，溪水潺潺，鸟歌蝉鸣，偶尔有美丽的山鸡咯咯飞往远处。惊讶之余，是一阵赞叹。有时几束阳光射过来，宛如佛光洒身，斜照轻雾中，金光灿烂，满目生机。

据当地人说，这里的板栗树由于品种老化，树虽粗壮蓬勃，但果实小。近几年，经过科技人员潜心研究，实行换头嫁接后，老树抽新枝，产量大增，还走出了国门，老百姓的年收入由从前的三五百元涨到了现在的三四千元，真正成了老百姓的摇钱树。放眼望去，稚嫩的板栗外边包裹着一层尖尖的小刺，像一只只绿色的小刺猬，密密实实布满枝头。到了秋天，暗红色的板栗裂开了小口，笑着、唱着，演奏着硕果累累的秋天的丰收合奏曲。我们真正感到了夏为秋作衣和秋似金流淌的意境。

下山时，我们轻轻地放慢了脚步，唯恐惊动了满枝板栗生长的美梦，以及绿叶制造氧气和果实的辛勤劳作；怕打扰了潺潺小溪的欢歌低吟；怕惊跑了纵情欢歌的玲珑翠鸟；还怕惊扰了细声高唱的金蝉长鸣和这山中静谧的自然情韵和灵气。我们轻轻拨开摇曳的肥叶片片，悄悄地走，避开片片翠叶，担心把这碧绿的油彩从肥美的叶子上抹下来。

正值中午，我们点了几个野菜做菜肴，要了半盆鲜嫩醇肥的羊肉汤。别小看了几盘野菜，都是刚刚挖出来的，绿色欲滴，香脆无比。有的虽有些苦味，但据说可以祛火、消炎、降压、消脂，于是按照服务员的安排，到山腰下边的峡谷中的茅草棚中就餐。虽然远远听见涛声阵阵，水声轰鸣，却没见到水流有多湍急。但一到峡谷底，就看见数股水流汇集而来，几股水交汇后，蜿蜒曲折。有的石下暗水疾奔，有的石上恣意横溢，有的漫崖狂泻，有的浸滩而来，继而在一座十米高的石坝形成了一个长长的宽宽的瀑布。瀑布怒吼着，飞奔着直流而下，跌入我们跟前的一个小水坝中，顿时激起朵朵浪花，发出轰鸣声，然后又向下一个水坝飞去，经过三道水坝后，进入了一个高高的坝，坝中碧波清澈。水再次形成瀑布后，跌下三十多米，发出清脆的轰鸣，奔向东方。这几道瀑布形成了独特的山中景观，

层层水坝映照着两岸。山色倒映，真有一种水中蜃楼的感觉，而倒映的风光景致，若幻若虚，虚实变化，远远比真的山景要美得多，形成了道道独特的风景线，宛如一幅幅水墨画、风光图。层层飞瀑在流动时，细沙涌动，清澈透明，品一口，甘甜清洌；搅一下，流若脂膏，更值得回味的是那瀑布，浩荡轰鸣，虽无震耳欲聋、排山倒海之势，却有惊心动魄、留音回味之感。它时而像战鼓紧擂，时而又像挥斥着千军万马，时而弦声瑟瑟，时而激荡悠远。这就是大自然的鬼斧神工，更是山川精华之灵魂所在。极目东望，巨大的山壑构成一道狭长的空间，远远望去，激流顺势滚滚而下，沟壑纵横，梯田层层，万顷翠绿，山峦苍茫。蓝天下牛群在草丛中漫步，一派生机盎然。

我们边用餐边欣赏着壮丽奇异的自然风光，感受着火热的夏日。有时也拼凑些拙句来和韵雅兴，然后就驱车返回，结束了这愉快但又带着几分留恋的行程。

215

夏 雨 颂

◆

夏雨是活力四射的绽放，夏雨是激情飞越的狂想，夏雨是热情洋溢的倾诉，夏雨是五彩缤纷油彩的流淌。

夏雨没有春雨的烟雾霏霏，缠缠绵绵。没有秋雨的如痴如醉，没有冬雨的冷峻苍凉。夏雨是刚劲浑厚的交响曲，是四季中荡气回肠的主旋律。

夏雨在成熟中积累，在火热中锻造成长。它在如火的季节里蕴积着情感，在激情中厚重着能量。它吸吮着大自然的精华灵气，聚合着天地之豪情，孕育着山川之雄风，把宇宙最热烈的执着化为巨大的后盾，等待着时机的成熟，像一群雄狮，随时冲向那苍茫的原野，像威风凛凛的战士，只得一声令下，顷刻奔向那厮杀的战场。

壮观的时刻终于到来，夏雨经不起盛夏的催促，已按捺不住躁动的心，或许刚才还是阳光灿烂，或许可能彩云朵朵，但隐隐雷声犹如阵前号角由远而近，远方的云和当头的云交汇着，白云和乌云聚合着翻腾着，发出沉闷的轰鸣，夏雨来到了！霎时间，惊雷如震天战鼓，又如山崩地裂般震撼心扉，霹雳声声在长空中炸响。再看那闪电，如银蛇狂舞，在炸雷的催促下，瞬间把茫茫天宇撕裂成数道裂缝，待闪电过后，顷刻间天地被巨大的黑幕罩了起来，世界的一切都像不存在了。闪电有时是银白色的，有时是桔红色的，有时发出幽蓝的光，鞭挞着邪恶，催生着未来。

伴着闪电雷声，狂风也加入了夏雨的行列，它呼啸着，运筹着云飙，引导着雷声，形成了战斗的统一体，演绎着壮烈的乐章。而此时的夏雨先是几滴像铜钱般砸向大地，接着便是串串雨柱从天而降，继而便像天河倾口瓢泼而下，呼啸而至，数不清的水帘在风的拨弄下，在烟雾中翻腾、摇曳、恣意地横行。而此时，苍穹成了夏雨最壮观的舞台，在演奏着狂想的进行曲。雷霆发着震天的号令，闪电照耀着前进的方向，狂风扫荡着征途上的荆棘，与雨的雄风合成一曲荡气回肠的交响乐章。有时夏雨也像孩子般恶作剧，刚才还是气冲斗牛，一会又柔情似水。在倾泻片刻以后，忽然雨滴疏稀自如，像仙女把珍珠撒向大地，给人们一个片刻的放松，一会又像羞涩少女般细雨蒙蒙，把薄簿轻纱甩向山峦旷野。继而又像顽皮的孩子再次狂泻着任性的泪水，重复着演奏过的乐章，重新把威风撒向大地的怀抱里。此刻天地一色，云雾相连，雷声伴着雨声，风声携着雨势，以摧枯拉朽之势又在演绎着大自然另一幅最壮美的画卷。宇宙仿佛又回到混沌之中了。时空一切都不存在了，只有夏雨在欢歌，在舞蹈，在兴奋，在主宰整个苍际，这是多么动人的画卷，这是多么波澜壮阔的颠峰时刻。而此时的世界仿佛凝固了，动物躲藏得无影无踪，山峦庄稼树木垂首而立，任夏雨抚摸着，忘情地浇灌着甘甜的雨霖。而城市乡村则被夏雨洗涤

着壮美的身躯，向世人展示着华丽的容光。

夏雨的胸怀坦坦荡荡，夏雨的感情丰富多彩。每当夏雨来临，首先把清凉的风送向人间，给窒息的空间一个惬意的惊喜。当孩子们迎着清风扑向那清凉的世界而不顾暴雨即将到来的时候，我想夏雨一定会给了人们一个意外而自豪。夏雨的表情有时是慈祥善良的。特别是酷暑高温、骄阳似火、大地龟裂、苗木干枯的时候，及时的夏雨瞬间从远方飘来，没有来得及求得雷电和狂风的协助便菩萨心肠般地把情感洒向饥渴的大地，顷刻苗木昂起了头，碧翠绿装浓重了夏日的原野。

夏雨的性格干脆利索，在洒向人间的时候，没有春雨长时间的情绪酝酿，也没有秋雨那种忧郁愁怅，更没有冬雨雾霜的长吁短叹，而是爽朗欢歌，风风火火，给人一种干练清新的感觉。你看，有时天高气清，万里碧空，眨眼之间不知从哪里飘来几朵云，一会儿云朵变幻着翻卷着，雨滴就开始飘洒下来，然后大雨如注，瓢泼大地，有时人们躲避不及被浇了个透湿，在兴奋之际嗔

怪夏雨的急脾气，火性子。这边云朵挥洒着兴奋，而没有云的天空仍碧蓝如洗，太阳放射着耀眼的光芒。有时太阳穿行在云层边际，放射着五光十色的光线，给雨云镶上了道道金边银饰。一阵急雨把云层遮天的地方浇灌得浮水横流，没有雨的地方仍蝉鸣尘扬，而一阵风又不知把云吹到了何处。真是：东边日出西边雨，道是无情却有情。这真是夏雨的神奇所在。

而最壮观的应属雷雨了，那气势如狂飙飞天，惊天地、泣鬼神。那雷声如金鼓银槌，响彻天宇。那乌云如黑龙翻腾，压城欲摧。那闪电如刺向天空的利剑，寒光闪闪，又如虬龙之爪，欲抓破那茫茫天际、灰蒙世界。狂风如大鹏扶摇，摧枯拉朽。这种大自然当中的神韵妙笔，只有夏雨才能表达得淋漓尽致，配合得天衣无缝，演奏着这震撼人心的乐章。

夏雨的晚霞灿烂辉煌，夏雨生命的延续美丽而豪放。当夏雨倾盆时，雨水除满足大地滋润外，其余的水流便行使着涤荡大地的使命，冲刷着一切污泥浊水，把天地冲刷得光彩照人。特别是激烈的暴雨后，山泉、小溪、山涧壮大着身躯，哗哗向下流淌，遇到山崖陡涧，奋不顾身，发出震耳的呐喊，飞速而下，形成壮观的瀑布，然后跌落在汪塘湖泊之中，最后汇入江河。而此时河大了，江宽了，浩浩荡荡，奔流东去，涌入大海的怀抱。而雨后的彩虹又是夏雨留给人们的一道新的美丽风景线，它在雨后骄阳的折射下，形成了七彩金桥，给多彩的世界又涂抹了崭新的奇异图画，给人间带来多少遐思妙想、神奇故事。

夏雨善解人意，温柔多情。当急风暴雨过后，给炎炎酷热带来的是徐徐凉意，阵阵清风。人们由衷地感激着夏雨的深情厚谊。雨后之际，观大地碧波滴翠、油光闪闪，望天际透明清沏、极目万里。深深吸一口气，清新而飘香，犹如含了一粒仙丹妙药，醉心脾，沁五脏，使人们激情飞扬，精神抖擞。再看那雨后白云飘荡，蝴蝶翩翩起舞，蜻蜓游弋四野，那真是一种如仙如幻的境界。

夏雨是大自然的杰作，是年轮中勃勃生机的激情释放，是人生青春勃发的流金溢彩，我赞美夏雨就像赞美我们火热的时代，歌颂夏雨就像歌颂我们火红的青春年华，我祈祷夏雨，就像祈祷辛勤劳作的人民。我们感谢夏雨给我们带来的丰收乐章前奏，感谢夏雨给我们赋予的壮志豪情，感谢夏雨的金桥座座，它引导我们奔向更加灿烂辉煌的明天。

夏雨，我心中永远的歌。

寻 觅 春 天 的 脚 步

◆

火红的春联镶嵌在人们兴奋的眉梢，鞭炮清脆的欢笑淹没了沉寂富足的宁静，绚丽的焰火燃烧着腾飞的希望，料峭的寒风涤荡着心头的遗憾和向往，一丝春的笑意穿越时空的留恋。呵！春的脚步悄悄临近了。

寻觅春的身影，含笑的春雪成了报春的使者，寒冬缓步留恋着往日的威严，迟迟不肯把岁月的接力棒传递给青春四溢的春风，而把冷俏的雪花送到了火红的农家春联的墨汁飘香中和焰火飞舞的夜幕里。春雪挣脱了云朵的跌宕和起伏，展开了飘逸的翅膀翩翩而来，"风雨送春归，飞雪迎春到"。你看，它冰肤玉骨，洁白无瑕，飘飘洒洒。有的晶莹剔透，有的诗情画意，带着一幅幅美丽的图案，给大地传达春的信息来了。绒绒的雪和着轻轻的风拥抱着沉寂的大地山川，使大地沟壑如待嫁羞涩的少女披着洁白的轻纱展现

她那自然的韵、纯情的美。片片雪花带着殷殷的赤子心、浓浓的家乡情，妆点着河流、峰峦。而丝丝春风的呵护，又使雪花化为涓涓的水，涌出了殷殷的情，使春田、树林洋溢在一片湿润的情怀里，焕发着青春和活力。

寻觅春天的脚步，寒风和着一丝暖意拨动着万千枝头，演奏着动人的乐章。你听，那瑟瑟的声调是报春的轻歌，那枝头的摇动就是迎春的曼舞，那杨柳枝头上突兀的叶苞和花蕊是春天乐章的音符，那枝干上轻染的鹅黄是春天使者的印记，在不经意间，春天和人们心心相连了。时空的轮回和新的起点上的时光延续又孕育着生命的开始，编织着希望的梦境。"林堤万墅远，知春唯一枝"，有枝头一点轻染相约，万紫千红群叶舞动的时光还会远吗？

寻觅春天的脚步，万千人群迈开矫健的步伐，按捺不住

激动的心，在寒风的陪伴下，在火热的征程上阔步前行。他们把长长的情丝织成希望的梦境，把殷殷关爱藏进沉甸甸的行囊，把万千叮咛装进深深的心底，把离别又当做重逢的起点，他们——美好明天蓝图的绘制者们、建设者们，推开带着余热的年夜饭香，带着憧憬和希冀向着新的太阳和年轮奔去，向城市、向工厂、向工地、向能够展现他们人生价值的地方奔去。他们知道，秋天的硕果要靠春天的耕耘，富足和收获才是春天的追求和目标。你看那四面八方通向人生舞台的大路上匆匆忙忙的身影，春天的风铃不正是他们的脚步声吗？

寻觅春天的脚步，咚咚的锣鼓是激情飞扬的诗韵，涌动的春潮是动人的画卷。在广场、在街头、在小巷，高高的跷步演绎着古老而时尚的梦境，如雷的鼓点合奏着迎春的豪情，鲜艳而古朴的装束跨越着时代的变迁，而七彩的旗帜摇曳着梦幻的天空，谱写着时代的强音。人们唱着、跑着、跳着、舞着，歌颂着昨天，期盼着明天，憧憬着未来，这不是迎接春天，分明是托着春天、吻着春天、期待着火热的春天，从人们脸上深深的笑靥和腰肢夸张的舞姿里，不正是看到了春天的脚步吗？

寻觅着春天的脚步，春天在人们脸庞绽开的花朵里，在熙熙攘攘的的商场里，在秧歌大军的队伍里，在孩子们跳跃的甜笑中，在河冰消融的涟漪中，在人们的心头上、心窝里……

天 外 天

话说冬天的哈尔滨，大雪纷飞，北风呼啸，一片银白，使这个美丽的北方城市如玉雕银凿，银装素裹，分外壮丽妖娆，真可谓：千里冰封雪雕地，万里雪飘寒流急。玉龙卷起千尺寒，天地一色呈瑞气。但在城中心的帝豪大酒店里，却是顾客盈门，欢声笑语。这个帝豪大酒店是哈尔滨城中心部位的一个四星级酒店，楼高十九层，气势雄伟，整个楼布局合理，装饰雅而不俗，既有南方大都市建筑的艳丽，也有北方风格的稳重。大楼一二三层为餐饮酒店。一楼为大餐厅，三楼为单间，四楼以上为商务办公和客房。远远望去，犹如万花丛中一朵雍容华贵的牡丹，亭亭玉立，为这座北方城市平添了几分壮观的景象。此时正是中午十二点，一派温馨祥和的气氛在整个大楼回荡。今天要说的事就发生在二楼。整个二楼楼层分为两部分：楼层一半为单间，客人之间互不干扰；另一半设计为环形餐饮区，中间为一舞池，四周餐饮区只是简单地装饰了一下，桌与桌之间隔开，而前边全部敞开。这样客人可以一览整个餐厅，更好地愉悦身心，陶冶情感。高兴了还可以到舞池跳几圈，也可以欣赏别人的舞姿，还可以点歌。今天天气寒冷，又是周末，有的是全家到这里聚会，有的是亲朋相邀在此。服务员小姐穿梭其间，笑脸盈盈，热情服务。房无空间，座无虚席，一派热热闹闹的动人场面，真可谓盛世人欢乐，美酒助浓情。只见有的边用餐边欣赏外面的雪景，有的在猜拳行令，有的干脆到舞池中随着优美的舞曲翩翩起舞。这时，在楼层正中侧面的一个桌上有一位三十多岁的广东人站了起来。只见他西装革履，身材较瘦，有一米七左右，两个颧骨稍微突出了一些，满脸堆笑。小小的单桌上只有他一个人，桌上一碗面条还微微冒着热气，一瓶哈尔滨啤酒只喝了一半。我们由于不知道他的姓名，就叫他小广东吧！只见他站起来对一个服务员喊道："小姐，你过来一下啦，今天来到花（哈）日（尔）滨啦，我管（感）到东北细（是）过（个）好地荒（方）啦。小姐，为了归（给）阔银（客人）居（助）兴，请给点一首锅（歌），锅（歌）名就细（是）《我细（是）南方的一几（只）小小鸟》啦。"

服务员是一位十八九岁的小姐，细高挑，瓜子脸，柳叶眉，梳着一个马尾发式，脸色白里透红，穿着旗袍，手里拿着一个账夹子，一看就是一位美丽活泼的北方姑娘。只见她微笑着说："先生，在我们这里点歌要付费的。"

小广东说："多少钱一首啦？"

服务员笑着说："三百元一首。由全市著名的新时代歌舞团的张岚小姐演唱。"

小广东眉头一皱说："三百元一首锅（歌）好好的贵啦，在广东也就一百块的啦，能不能再优惠一点噢？"

服务员微微一笑，回答说："先生，这里是不讲价的！有的歌还要贵呢！像我们东北的二人转，一段就要五百元呢！"

小广东咬了咬牙说："我看大家今天都很高兴的啦，我初次来到花（哈）日（尔）滨，交个朋友啦，我给大家献上这首锅（歌），请大家给我一点掌兴（声）好不好？"这时大厅一片稀稀拉拉的掌声。"三百就三百，那就请张小姐唱吧。"说着就要掏钱。

服务员忙说："先生，我们这里有规定，演员唱完之后客人再付费，因为如果先生您认为唱得好，还可以加费嘛，或者再点两首三首都可以的。"

小广东笑着说："很好的啦。"

服务员说完刚要走，这时在正对舞池中心位置的一个餐桌上，一位三十岁左右的年轻人站了起来。这个人个头有一米六左右的样子，将军肚突出，体重足有一百九十多斤，留着小平头。这个小平头和别的平头不一样，后脑勺、两鬓和头顶都剪得特别短，唯有前额头的一部分留得稍微长一些，整个面部看起来横着比竖着还宽。两只眼睛又小又圆，嘴唇上方一抹小胡子，两个腮帮子的肥肉向外突出，下巴的肉有点下坠。一看这挺腰乍肚的样子就知道是个暴发户。他上身穿一件皮茄克，里面套了一件紫色的鄂尔多斯毛衣，裤腰在肚脐眼以下，腰扎金环的牛皮腰带，脚上套了一双火剪式尖头皮鞋，手上戴了两个足有二两重的戒指，手机放在桌上，时而嘟嘟尖叫。由于不知道姓名，我们就叫他小胡子吧。只见小胡子桌上摆了六个盘子，盘盘都是美味佳肴，有的吃了一点，有的还没动。一瓶茅台酒和几瓶青岛啤酒放在旁边。一脸骄横的样子。这时只见小胡子把脚放到椅子上，手指一搓，叭的一声，把眉毛一扬说："广东兄弟，今天我是来潇洒一下的，没想到碰到你这个不知天高地厚的南方人。你出息大大的小啦，三百块就想让小鸟飞上哈尔滨上空吗？南方的小鸟到北方飞不动的啦。我出五百块，给我点一首《我是一匹来自北方的狼》。"意思是北方的狼要吃掉来自南方的小鸟。小胡子大大咧咧的，大有咄咄逼人之势。

这时小广东似懂非懂地站在那儿愣了一下，为什么呢？因为他对北方话不是很懂。于是向身边的服务员询问："小

姐，他说的什么意细（思）啦？"服务员小姐把大体意思对他说了一遍。只见他一手叉腰，另一只手一扬说："你北方的狼要柒（吃）我南荒（方）的小小鸟，恐怕没那么容易的啦。我出一千块，我就是要让南方的小鸟快快飞的啦。"

这时小胡子把皮茄克一脱，脸上的肌肉动了一下，一字一句地说："你一千块就想让南方的小鸟飞，没那么便宜，我出两千块，还是那首《我是一匹来自北方的狼》，我要穷追不舍，看你飞到哪里去？"这时四周的客人基本上都停止了用餐，有的在观看，有的在鼓掌，有的在加油，有的在窃窃私语。鼓掌的、加油的不知给谁鼓的掌、加谁的油；而窃窃私语的，也不知议论的是什么，反正这种场面他们见的不多。

这时一位慈眉善目的老大娘站了起来，面带微笑地说："孩子，吹牛皮怎么跑到这个地方来了？你们就算有钱也不能这么花呀！媳妇知道了非骂你不行，再说还不知你们是真有钱还是假有钱，快吃完饭回家吧！"

东北小胡子走到老大娘身边，把她按到座位上对她说：

"老人家，你吃你的饭，不要多管闲事，不愿看北方的狼吃南方的小鸟，你就回家吧，少婆婆妈妈的！"

这时小广东袖子一捋，站起来不甘示弱地说："今天就是要给我们广东银（人）长长脸啦，我出五千块啦，小鸟虽然小的啦，但还是要高飞的啦。"

小胡子一脸的满不在乎，心想：你是老虎头上拉屎——不知厉害。"好，我出八千块啦，请用西洋乐队伴奏，让北方的狼顺着西北风窜得更快！去追你那一只小小鸟。"

这时小广东脸上已是汗流满面，他知道今天碰上硬茬了，但他心里又不甘心就这么输了，大话已经说出去了，要是真地输了，这脸往哪放啊！他摸了摸衣兜，手在桌子上一拍，咬了咬牙说："北方的狼太厉害的啦，我出一万块，南方的小小鸟还是要飞的啦！"

这时只听东北小胡子说："南方的小小鸟，也想在东北逞能，没门！今天你来到哈尔滨，我让你的小鸟就像小蚂蚁钻进万花筒——开开眼。我出一万五千块，还是那只北方的狼。"边说边向外掏钱。

这时你再看那小广东，两腿微微发颤，但脑袋还算硬，没有搭拉下去，但已是强打精神了。

只见东北小胡子又得意地对旁边的服务员说："小姐，给我拿一瓶酒，我让你看看北方的狼是怎么样吃掉南方小鸟的。"

服务员问："先生，要什么酒？"

"拿你们酒店最贵的酒！"小胡子说。

"我们这里有中外名酒，中国的酒有茅台、五粮液等，外国的酒有法国白兰地、人头马、ＸＯ，先生你看你要什么呢？"服务员微笑着说。

东北小胡子把手一挥，在空中划了半个圈，然后重重地砸在桌子上，大声地说："今天咱就开开洋荤，让大伙知道什么是棒槌。小姐，你就拿那个法国的什么Ｏ吧！"

服务员说："法国ＸＯ要一万三一瓶！。"

"一万三？"小胡子的眼睛骨碌一转，脸上的肌肉微微抽搐了一下。"一万三就一万三，你抓紧去拿吧，咱东北人什么时候认过输，不就是一瓶小酒嘛。喂！对过那位南蛮子，你

225

还敢向上飞吗？要飞现在还来得及！哈哈，哈哈……"说完对着酒瓶咕咚咕咚就把一瓶啤酒喝下去了。

那广东人一看，吓得心惊肉跳，自言自语地说："这北方的狼真的好好厉害噢！"

正在这个时候，在东北小胡子旁边桌上吃饭的两个人站了起来，其中一位有五十岁左右的样子，身高一米七五左右，穿着普通的茄克服上衣，浓密的头发向后梳理，长方形脸的上方嵌着一副浓眉，显得更加精神。他不胖不瘦，举止间透着一份干练和稳重。而另一位，三十岁左右，细高挑的身材，中等个头，穿着一身普通的深蓝色西装，打着一条蓝色带白花的领带，干净整洁，目光里透着精明，一个旅行箱放在脚下。再看他们桌上的菜，一个是东北最普通的雪里红炒肉，另一个菜则是粉条炖猪肉，外加两个小咸菜，一瓶东北红高粱老烧酒，一桌子的菜顶多就值50块钱。

只听年龄稍长一些的对小胡子说："兄弟，我也是咱们东北人，我姓张，你就叫我老张吧。我说小伙子，咱本地人可不许欺负外地人哪！再一

个，咱有钱也得看怎么花，可不能这么个花法啊！我们要干的事情还很多，干嘛用钱打水漂啊？来，我给你们调解一下，你们每人各出三百块，咱们两首歌让小姐都唱，不就得了。"

小伙子一打量，一看这打扮，再一看这饭菜，打心眼里就没看得起他，把眉毛一扬，拍着老张的肩膀说："老大哥，土老帽，别多管闲事，别说一万三，就是二万六一瓶，今天这酒我也得喝，这叫长咱东北人的志气！我就是看不惯南方的小鸟在咱头上飞，多丧气，我要杀杀南方小鸟的锐气，让它飞不起来。喂！小小鸟，我看你还飞不飞？"

这时再看小广东已是双腿发抖，一屁股坐在椅子上，一动也不动了。小胡子得意地说："怎么样？不行了吧！小姐，赶快把什么O拿上来，让张岚小姐快唱，我今天就是要让老少爷们见识一下我是怎么为咱东北人争光的！怎么长咱东北人志气的！哈哈哈……"

这时老张站起来微笑着说："兄弟，怎么样长志气我说不清楚，但是我知道，我们干出大事业，为社会多做点贡

献，那才叫争光，那才叫有志气！这么个争法是丢咱东北人的脸哪！这可不叫长志气啊！"

小胡子一听，哟呵，教训起我来了，刚要发火，低头看见这两位桌上的饭菜、喝的酒，略微沉默了一下，然后不屑一顾地说："老张，我知道你们这些人手头紧，又想打肿脸充胖子，但吃饭前得考虑一下进什么样的饭店。你们进这样的酒店是不是有点找错地方了？不过不要紧，不打不相识，今天我们交个朋友，我给你们买单，不就是盒烟钱吗？服务员，再给他们上一盘雪里红炒猪肉，多放些肉啊。"服务员刚要起身，老张说："慢！"这时，另一位穿西装的像要起身讲话的样子，老张用手轻轻地把他按下，用眼示意了一下，意思是：不要动，有我呢！老张说："兄弟，那好吧！那就谢你了，请问尊姓大名，从事什么职业啊？"

小胡子喝了一口酒说："男子汉大丈夫站不改名，坐不改姓，实不相瞒，我就是哈尔滨的民营经商大户，远东商贸有限公司董事长兼总经理，免贵姓孙，叫孙为财，去年上过市里电视，在这地方，咱也有一定的名声。"

老张一听，把头微微一点，说："有点耳熟，好像听说过。我问你，你一年交多少税金？"

小胡子说："要说上税，我可不算少。"他伸出三个手指头。

老张问："三百万？"

小胡子哈哈一笑说："我要是一年交上三百万元的税，早就喝西北风去了！"老张一听，好像明白了许多，点了点头。

小胡子接着说："我和税务局那帮哥们混得很熟，每年交三万，怎么样，不算少吧？现在的企业谁不偷点漏点？但是社会活动我还是出了不少的，光去年一年就捐了七、八万呢！图什么？花钱买名气，提高知名度呀！知名度你懂不懂啊？就是名声。我们就是要在社会上做个大大的管子。人过留名，雁过留声，现在就是讲知名度，有了知名度，也就什么都有了。"他指着那边吃饭的顾客说："就是让大伙看看我是怎么出人头地的。这样我心里才顺溜！心里顺溜了，花

227

点钱也高兴，这叫什么心理平衡。我也是刚学的。"

只见老张站起来说："小兄弟，你是个管子，我今天算是领教了。但是当了管子，这个钱向哪花，学问可大着呢！"

各位要问，管子是什么？管子是东北人对大款的称呼，就是大大的有钱的人！也就是我们常说的暴发户。

只听老张说："我们做事业的就是要做管子，而且小管子要做成大管子，短管子要做成长管子，细管子要做成粗管子，木管子要做成铁管子，铁管子要做成钢管子，钢管子要做成铜管子，铜管子要做成银管子，银管子要做成金管子。要成为双管子、排管子，要做到全国、全世界，让全地球的人都知道你是管子。你现在，我不客气地说，你顶多也就是个小小的纸管子。我劝你一句，兄弟，别和那位广东客人较劲。俗话说，酒不过量，话不言狂。人外有人，天外有天，比你规模大、贡献大的企业在咱东北大有人在。话不要说过了头，留点余地吧！"

小胡子一听，哟荷，用大道理教训起我来了，便以嘲笑的口吻说："老兄，我没听过政治报告，今天真是开眼了。不过，我也有点不耐烦了。既然这样，我不和广东的这位小气鬼比歌了，我们搞个比赛吧。"

老张说："你说咱比什么呢，喝酒？"

小胡子说："行！喝也不喝你那个东北老烧酒。""来，服务员，那个什么O暂时不要了，一瓶五粮液！"坐在老张旁边的那位好像要说话的样子，老张用手示意了一下，那位又坐下了。

老张说："这瓶酒钱我出。"

小胡子鄙夷地说："今天我让你解解馋。这瓶小酒算是我敬老兄的，不用你掏钱，量你也掏不出来！"

老张说："那好吧。"这时服务员端上酒来，把酒哗啦倒到两个碗中。老张把碗端起来，咕咚咕咚一气喝了下去，面不改色心不跳。他把碗一放，说："小伙子，抓紧喝。"小胡子只好强打精神开始喝了起来，喝到一半就已经感到力不从心了。为什么？因为他自己已经喝了不少，加之和小广东斗嘴斗钱，心情有些激动，酒力大减，但还是强打精神喝完了。只见他脸色通红，身子有些摇晃，把碗翻过来，向老张示意了一下。

老张说："小伙子，再来一瓶？"这时周围掌声四起。

小胡子有点结巴地说："不比酒了，我…我们比…比别的。"

老张说："你说比什么？"

这时小胡子有点服气地说："你是大哥，你说了算！"

老张说："老弟，我看你是个管子，咱们今天别的不比了，就比撕钱，看谁撕得多、撕得快，看谁撕得时间长。我委托我的这位兄弟和你撕，但撕的绝对是我的钱。"

小胡子一听，当时就吓了一跳，酒劲下去了一半，但转念一想，看你那寒酸的样子，你能有多少钱？不管怎么说，我的钱也比你的多，今天我这个管子就是要露一手，不就是万二八千的嘛，尊严值万金啊！就说："好，但是老兄不要后悔哟。"

老张微微一笑，说："我不后悔，后悔的恐怕是你吧！"

这时小广东走了过来，说："你们东北银（人）真是厉害啦，我们广东银（人）是甘拜下风了。好啦，我当裁判，你们比赛。完了我给你们发奖，

我请客啦！"说着拿出一千块钱，放在桌上。

这时老张说："兄弟，把我的钱掏出来。"只见老张的同伴拿出厚厚的两沓钱放在桌子上，足足有两万多。小胡子也从身上拿出两沓钱来，没有两万也得有一万五左右。

老张的那位兄弟说："我们规定二十分钟，看谁撕得快，撕得多！"

老张这时拍了一下小胡子的肩膀，说："兄弟，后悔不后悔？如果后悔现在收场还来得及。"

小胡子趁着酒劲，把脖子一拧，说："谁后悔，谁是王八蛋。"他以为老张不可能真撕，肯定是闹着玩的。

小广东说："开洗（始）吧。"这时围观的群众哄地一下围了起来，这种阵势他们真的很少见。

于是，老张的这位兄弟就开始撕了起来。小胡子一看，真的傻眼了，没有办法，逼上梁山了，撕吧！于是就开始撕了起来，当撕到五分钟左右的时候，小胡子身上开始冒冷汗，手开始发抖，为什么？大凡暴发户，说大话、吹牛可能行，如果真让他去撕钱了，那可是心头肉啊。

只见那位穿西服的中年人仍然不慌不忙地在撕，眼看两沓钱撕的差不多了，而小胡子早已是汗流浃背了，手也哆嗦得厉害，速度明显地减慢了。

老张不慌不忙地说："小伙子抓紧撕啊。"

这时小胡子哭丧着脸说："身上没有钱了，饭菜酒钱还没结账呢，不然咱下回再比？"

老张说："不比也行，但你必须向大伙公开承认你输了，保证以后再也不干这丢人现眼的事了，行吧？"这时围观的群众有的鼓掌；有的说，不能服输，比到最后定输赢！小伙子加油！实际上这是喝倒彩、帮倒忙的呢！

小胡子一听，把脖子一拧，头一摆，心想：不行，不到万不得已我绝不去丢那个人，钱撕完了还可以再挣，面子丢了谁给呀？便咬咬牙，把最后几张票子撕完了。再看那一位穿西装的，桌子底下已经堆积了一堆钱屑，两沓钱也快撕光了。这时，老张又从包里掏出来厚厚的两沓钱放在桌子上。再看小胡子，掏完上衣掏裤兜，外面掏完

掏里面，最后只掏出来几块零钱，山穷水尽，确实没有钱了。于是，他哭丧着脸向周围吃饭的顾客双手抱拳说："各位父老乡亲，我就是咱地地道道的哈尔滨人，大小也是个管子，今天到了这个份上，我绝不能让咱们东北人丢脸啊！还望现场的各位能借我点钱，多点少点都行，明天一定加倍偿还，谢谢了！谢谢了！"

只见顾客你看我，我看你，没有一个人回答。

小胡子又说："今天各位帮我一个忙，明天一定两倍、三倍还给大家，不信我给大家写个借条。"

这时一个小伙子站起来说："你家的钱肯定不多，看你这个挥霍的样子，你能存下钱吗？我们借给你，恐怕下辈子你也还不上！"

这时大家都说："对啊，借钱干别的行，借钱去撕，我们有钱也不借。"全场没有一个人伸出援助之手。此时场面相当尴尬。小胡子的脸也红一阵、黄一阵的，恨不得割条缝，一头钻进去。正在这个时候，大门一推，进来一个小男孩，这个男孩也就有七八岁

的样子，衣服破旧，是个流浪儿，在附近以捡破烂为生，被有关部门几次收留，又都跑了出来，在社会上结交了几个小弟兄，有时候捡破烂卖了钱还下下馆子潇洒一下。刚才他正在门外捡酒瓶，从门缝里看到这个情景，一颗童心再也按捺不住了，便走上前去，用冻得红红的小手把捡破烂挣来的几块钱高高地举了起来。这些钱虽然只有几块而已，但却厚厚的一沓。为什么？因为都是卖酒瓶挣的一些零钱。他走过来对小胡子说："叔叔，我们虽然捡破烂，但很多好心的叔叔阿姨没有少帮助我们，今天你遇到难处了，看到你的难处，我们想起了帮助过我们的叔叔阿姨。别人不帮你我来帮助你，钱虽不多，但都是我捡破烂挣的，不是偷的，你收下吧！等你有了钱，再还我，如没有，就算了。"

小胡子一听，脸腾的一下就红到了耳根，手足无措地握住小男孩的双手，眼泪刷的一下就流了出来。他紧紧握住小朋友的手，仿佛在激流中抓住了一根救命的木头，久久不愿放开，瞬间也好像

明白了许多的道理，体会到了人世间的世态炎凉。

这时只见刚才撕钱的那位先生站起来，指着老张对小胡子说："小伙子，你知道他是谁吗？告诉你吧，他就是我们东北赫赫有名的企业家张德奎先生，他的固定资产已达二个多亿，堪称亿万富翁。我自我介绍一下，我是张先生的好朋友，省魔术杂技团的小李，刚才我撕的不是真钱，而是用的雕虫小技，但你撕了大概有一万多块吧？"

这时小胡子早已是满脸惭愧，听这位这么一说，真是又惊又呆，惊的是有眼不识金镶玉，呆的是他怎么有这么高的技艺，一点也没看出来，自己白白撕了一万多块钱。这时，老张说："小伙子，你挣了一点钱，依我看一是有上级的好政策，二是有大家伙的支持，三是你个人也付出了不少汗水，怎么能有了几个钱就不知姓什么了呢？我们应该发财不忘国家，不忘还有很多很穷的老百姓，他们有的孩子上不起学，有的没钱治病，我们大家应该好好地向这个孩子学习，时

刻不要忘记帮助过我们的人。现在还有很多生活困难的群众需要帮助，我们省一点钱帮助一下他们不是很好吗？"

小胡子低着头，红着脸点了点头。这时大厅里响起了热烈的掌声。

老张说："我看这样吧，我们发动企业家搞一个扶贫救助基金会，来救助那些有困难的人们。我的企业拿出三十万，你也出一点，再呼吁社会帮一点，你看好不好？"

小胡子一咬牙说："大哥，今天我才知道什么是管子，你是真管子、大管子、金管子，这个小朋友也是管子，在场的管子肯定不少。我什么管子也不是，但我从今往后一定加倍努力，争取做一个大大的管子，还要回报社会。我出五万！"

这时广东的那位也按捺不住了，走过来说："好好感动银（人）啦，你们不要讥笑我啦，我拿出五万元加入你们的行列，为社会做一点小小的贡献啦。"

大厅里再一次响起了热烈的掌声，于是在张德奎先生的倡议下，东北第一个扶贫救助基金会诞生了。由于领导支持、群众拥护，目前已筹集资金一千多万元，在社会上发挥了很大的帮扶作用。这正是：

> 金钱有价情无价，
> 有钱何必胡乱花。
> 天高地阔英雄出，
> 真情温暖千万家。

心潮部落的畅游

　　放下手中的文稿，长久以来忐忑不安的心稍稍平静了下来，几年来的期待与焦虑总算释然了，让读者去品味去评论去批评吧，"丑媳妇总要见婆婆"，读者是真正的上帝。

　　我是农民的儿子，生在农村，长在农村，荒山丘岭造就了倔强秉直的性格，却缺失书香的熏陶，尤其那动乱的岁月，揉碎了多少好时光，回忆起来，常常有着浓烈的苦涩和深深的遗憾。由于经历的原因，所以个人学识浅薄，不善文墨。不懂诗，也更谈不上写诗。但个人从小爱好文学，爱好中国特有的文字，常常把母亲卖鸡蛋给自己交学费的钱用来偷偷买了小人书和儿童文学书籍。随着阅历的积累，自己深深感到：中国文学如群峰绵延高耸入云，如大海波涛浩荡澎湃。它是中华民族亘古历史的结晶，是炎黄子孙传递延续文明的载体。诗词歌赋作为中国文化的重要组成部分，有其悠久的历史和博大精深的情怀，从二千五百多年前的《诗经》到屈原的《离骚》，特别是唐宋时期诗词大家登峰造极的华章，无不闪烁着灿烂的光芒，而一代伟人毛泽东的宏篇巨著，旷古诗情，更是抒发了其博大的胸怀和摘星揽月之豪情。灵魂和思绪游走于这灿若星河的华章里，能使人陶醉，能使情操得到升华，是一种忘情的精神享受。同时，本人从小在街头巷尾，田间地头，沟边渠旁，经常听老人、孩子以及壮年人传唱的一些儿歌、民谣、歌谣、顺口溜等。它们琅琅上口，便于记忆，让人回味，其中很多有一定的教育意义，像"山喜鹊尾巴长，娶了媳妇忘了娘"，像"山外青山楼外楼，男女老少争上游，争了上游不松劲，还有先进在前头"等等都给自己留下了深刻的印象。而单调枯燥的农村文化生活，更是弘扬了像民间艺人说大鼓书等群众喜闻乐见的乡村艺术形式，说书人那悠长高亢的乡音及合辙押韵的说唱，合拍的鼓点，深沉的板胡音调，使个人的韵感和节律感在脑海里刻下了深深的烙印，奠定了热爱诗歌的基础。而上初高中和工作之后，利用业余时间阅读了古今诗词和文学著作，更是开阔了视野，陶冶了情操，使自己在工作和学习中，忘掉了痛苦和烦恼，启迪着灵感，跋涉在征程，因而有时不自量力地拿起了笔，有了创作的冲动……

集子收录的作品是个人几年来的业余之作，主要是歌颂祖国的大好河山，歌颂人间真善美，歌咏自然和时代，以及寓事喻理。有的是信手拈来，有的是思索所得，有的是有感而发，有的是触景生情，有的是启迪所致。"拙作言心曲，薄文求墨香"是自己所写文字的真实写照。之所以取名《心潮部落》，是因为每一行诗句都是发自内心的感言，都是心曲音符的跳动。尽管水平有限，但一颗激荡的心总想给波澜壮阔的文学海洋增添一丝涟漪，给万木葱绿的苍天文学大树增添一点绿意。"心同野鹤与尘远，诗似冰壶见底清"，是我永远的追求和崇尚的境界，愿在今后不断的攀登中离这个目标越来越近。

在本书的编辑出版中，承蒙原中央军委副主席、国务委员兼国防部长迟浩田同志的厚爱，亲笔为本书题写了书名，同时还得到济南出版社朱孔宝、山东省《联合日报》社王新元、临沂市诗词学会副秘书长谢光春、临沂诗人笤筐等同志的大力支持和帮助，特别是谢光春同志在百忙中给予了具体指导，有的文字做了斟酌和修改。王依峰、孟培培、王利道、刘林征等同志协助做了编辑校对工作，画家赵培莲、篆刻家王开英同志以及临沂市沂蒙印刷厂等有关单位和友人为本书的编辑出版给予了大力的支持和帮助，在此一并表示深深的谢意。

由于时间仓促，水平所限，作品肯定有不少缺点和谬误，敬请提出宝贵意见。

颜景芳

二00七年九月十日晚于灯下